緋彈的亞莉亞

Aria the Scarlet Ammo

赤松中學

「你想被我開洞嗎？」
Kanzaki H Aria 神崎·H·亞莉亞
雙槍和雙刀運用自如的Ｓ級超一流武偵。不愛聽從他人的意見，處理事情總是獨斷獨行。
強襲科

「武偵高中太不正常了。」
遠山金次 Kinji Tohyama
對自身特殊體質感到自卑的高二生。原為強襲科的學生，評等是最差的E級。內心一直期望能夠轉學。
偵探科

Goki Muto 武藤剛氣
金次的損友。
身懷絕技，只有跟交通工具搭上邊的東西都夠駕馭自如。
車輛科
Shirayuki Hotogi 星伽白雪
金次的青梅竹馬。
家族代代皆為星伽神社的女巫，做事能幹俐落，超人級的全能者。
超能力搜查研究科

……這不可能吧。

Contents

……這不可能吧。

Contents

深表遺憾，我病起來連自己都怕
7

作者 小鹿
繪者 Mocha

緋彈的亞莉亞

Aria the Scarlet Ammo

赤松中學

——你曾想過會有少女從天而降嗎？

昨天我看的電影裡頭有這一幕。
如果是電影或漫畫，這確實是個不錯的開場。
以這樣一個不可思議又特別的序曲。
讓主角變成正義使者，展開一場大冒險。

啊啊，所以我真希望有女孩從天上掉下來啊！
……如果你真這麼想，那就實在太天真了。
因為那種女孩絕對不是普通人。
你會被帶進非比尋常的世界裡，被塑造成正義使者。
從現實角度來看，那肯定是既危險又麻煩的事情。

所以至少我，遠山金次，
不希望有女孩從天而降。
我只想過平凡普通的人生。
所以，轉學是首要之務。我要離開這間愚蠢又瘋狂的學校……

……叮、咚……！

一陣彬彬有禮的門鈴聲，讓我醒了過來。

……糟糕。

我昨天似乎穿著一件四角褲就睡著了。

我看了一下枕邊的手機，時間是早上7點。

（一大清早的，是誰啊……）

假裝我不在吧。

但那「彬彬有禮」的鈴聲，讓我有不祥的預感。

我套上襯衫、穿上制服褲後，走過我一人住起來有點大的公寓房間……從門上的窺孔往外頭一看。

門外出現的身影——果然是。

「……嗚！」

站在外面的人是白雪。

純白的上衣。深紅色的衣領和百褶裙。

她穿著整潔的武偵高中水手服，單手拿粉底盒，拼命在整理瀏海。

妳在我家門前做什麼啊？白雪。

我如此思考，開始深呼吸。

這傢伙還是一樣令人難以捉摸。

——喀嚓。

「白雪。」

我打開門後，白雪慌忙蓋起粉底盒，快速將它藏起。

接著，

「小金！」

她一臉開朗，用小時候的綽號叫我。

「我不是說過別這樣叫我了嗎？」

「啊……抱、抱歉！可是我……一直想著小金，一看到小金我就不小心——啊！我又叫你小金了……抱、抱歉，真的很抱歉，小金，啊！」

白雪的臉色越發蒼白，慌忙用手按住嘴巴。

……我連抱怨的力氣都沒有了。

星伽白雪。

看到她叫我小金，相信大家都會明白我跟她是青梅竹馬。

她皮膚白皙正如其名，方才梳理的黑髮烏黑亮麗，那妹妹頭瀏海從童年到現在始終如一。眼神穩重溫柔，睫毛長又翹。

不愧家族代代都是星伽神社的巫女。她還是一樣，有如畫中的大和撫子一般。

「我說啊，這邊好歹也算是男生宿舍。妳這樣隨便跑過來不太好吧。」

「那、那個。我去伊勢神宮合宿，今天才回來……所以都沒照顧到小金的起居。」

「妳不用照顧我啊。」

「……可、可是……嗚……嗚嗚！」

「好好，我知道了，我知道了！」

白雪紅了眼眶，我沒辦法只好讓她進房裡。

「打……打擾了。」

白雪鞠了一個九十度的躬後，走上玄關，把脫下的黑色扣帶鞋整齊排好。

「那，有什麼事？」

我連好好坐在桌子前都嫌懶，所以直接在矮桌旁坐下。

「這、這個。」

白雪也正座好後，把帶來的布包解開。

接著，她拿出一個漆製的多層飯盒推到我眼前，打開以蒔繪（註1）裝飾的蓋子。

飯盒裡頭排列著各種豪華料理。吹彈可破的煎蛋、整齊排列的鹹辣蝦、銀鮭和西条柿，以及晶瑩剔透的白飯。

1　蒔繪：簡單來說是藉漆的黏性，將金銀粉末固定在漆器表面的加飾技法。

「這些東西……做起來很辛苦吧？」

我接過漆筷的同時問道。白雪說：

「不、不會，只是稍微早起一點而已。而且，我一想到小金春假都是吃便利商店的便當……就很擔心你……」（註2）

「那跟妳無關吧？」

口頭雖然這麼說，不過也真被她說對了，所以我決定心懷感激，好好享用這頓美味的飯盒料理。我每次都覺得，白雪的料理——特別是和式料理——真的很美味。

白雪低頭正座，臉頰染成淡紅色，開始剝橘子。她細心挑掉上頭白色的橘絡，放在小盤子上，看來那也是要給我吃的。

唉……至少該跟她說聲謝謝吧。

酒足飯飽後，我嘴巴塞著橘子，轉身面向白雪。

「……那個，每次都麻煩妳了。」

「咦！啊，也謝謝小金……謝謝。」

「為啥妳要跟我道謝？拜託，手不要用成三角形啦，這樣看起來很像在下跪。」

2　日本幾乎所有的小學、國中和高中都是採取三學期制，四～七月是第一學期；九～十二月是第二學期；一月～三月是第三學期，各學期間插有暑假、寒假及春假。

「因、因為，小金肯吃我的料理，還跟我道謝……」

白雪心喜地抬起頭，細如蚊聲地說著。不知為何眼眶泛紅。

拜、拜託。

為何妳老是這樣戰戰兢兢的。要活得更有自信一點啊。

虧妳的胸前還這麼宏偉。

如此心想的我……不小心地，真的是不小心地——

看了白雪的胸部。

對著我行禮的白雪，水手服的衣領處稍微開了一個洞。

當中可窺見深不見底的胸溝，以及黑色的，蕾絲內衣——

（哪……哪有人穿黑色的！）

高中生不該穿這種內衣吧。我慌忙挪開視線。但……

血液緩緩流動。

那危險的感覺又再次出現，全身血液似乎正往我身體的「中心」集中。

——不行！

我早就決定禁止自己使用「那個能力」了。

「——謝謝招待！」

我猛然站起，想要逃離白雪。

呼！看來這次安全過關了。

白雪俐落地收拾好飯盒後，把我放在沙發上的制服外套拿了過來。

「小金，今天開始我們就是二年級了。來，**防彈制服**。」

我披上它後，白雪又幫我把丟在電視機旁邊的手槍拿了過來。

「……開學典禮不用帶槍吧。」

「不行啦，小金。這是校規。」

白雪說完，雙膝跪地，替我把手槍連同槍套紮在腰帶上。

校規——「武偵高中的學生，於校內必須攜帶槍械與刀劍。」是嗎？

唉——**太不正常了**。

武偵高中不正常到令我厭煩。

「而且，搞不好又會有『武偵殺手』之類的東西出沒……」

白雪跪著，眼珠朝上看著我，一副擔心的樣子。

「——『武偵殺手』？」

「就是過年的宣導郵件裡面，說的那個連續殺人事件。」

啊！聽妳這麼一說，好像真有這麼一回事。

手法好像是……先在武偵的交通工具上裝炸彈，剝奪其自由後，再用裝有衝鋒槍的遙控直升機不停追擊——最後把對方逼進海中。

「不過犯人已經被逮捕了吧？」

「可、可是搞不好會出現模仿犯。今天早上的占卜小金出現了女難之相。要是小金有什麼萬一，我……我……嗚……」

女難之相嗎？某個層面來看確實很準。因為一大早就遇到這傢伙。

白雪淚眼汪汪，而且如果違反校規，我的學校成績又會降低，這樣就不容易達成我的目標——「**轉學**到普通高中」了。唉！就勉強武裝一下吧

「好啦、好啦！這樣妳就放心了吧。所以別哭了。」

我嘆了口氣，拿起架子上的刀子——這把蝴蝶刀是大哥的遺物——放進口袋。

白雪不知為何陶醉地看著我，雙手放在臉頰上。

「……小金。你好帥。真不愧祖先代代都是『正義使者』。」

「拜託別說了，又不是小孩子。」

我吐出這句話。白雪一臉興高采烈，不知道從哪裡拿出一個黑色名牌，別在我胸前。

『遠山金次』

武偵高中規定，四月的時候全體學生都必須別上名牌。

我原本打算蹺課，不過這點似乎被白雪給料到了。

不愧是身兼學生會長、園藝部長、手工藝部長、女子芭蕾部長，同時偏差值高達75

的超人級全能者。對吊兒郎當的我來說，她是一個難以應付的角色。

「……我檢查完電子郵件再出門，妳先去吧。」

「啊！那我趁這段時間幫你洗衣服跟盤子——」

「不用啦。」

「……好、好的。那……那個。如果你待會能寄一封郵件給我……我會很高興的。」

白雪靦腆說完，彎下腰來。

深深鞠躬後，她順從地走出房間。

……呼！

麻煩的傢伙總算離開了。

我一屁股坐在電腦前，拖拖拉拉地看起郵件和網頁。

拖拖拉拉之間……時間不知不覺已經7點55分了。

糟糕！有點拖太久了。

會趕不上58分的公車。

——這輩子。

這輩子，我大概都會後悔自己為什麼沒趕上7點58分的公車吧。

因為，在這之後有一個女孩從天上掉了下來。

一位名為神崎・H・亞莉亞的少女。

1彈　La bambina da l'ARIA 從天而降的少女（註3）

天降甘露時，就去享受被雨水洗滌的感覺吧——說這句話的是阿爾圖爾・韓波嗎？（註4）不服輸的精神要是到達那種地步，就變成一種正面思考了吧。

沒有趕上公車的我，只好學習那位詩人韓波的精神，騎上腳踏車，看著沿途的風景上學去。

途中經過附近的便利商店和錄影帶店，穿過通往台場的單軌道電車站。

在那對面，林立的東京大樓宛如浮在海上一般。

東京武偵高中，位於彩虹橋南方的一座人工島嶼上。島嶼成長方形，南北長約兩公里，東西寬五百公尺。

這座人工島嶼外號叫**學園島**，是培訓「武偵」的綜合教育機構。

武偵是為了對抗兇惡化的犯罪，而新設立的一種國際資格，領有武偵執照就能比照警察，可攜帶武器並享有逮捕權。

3　La bambina是法文，可愛女孩之意。

4　阿爾圖爾・韓波(Arthur Rimbaud)。十九世紀法國天才詩人，被奉為象徵主義的代表。

但武偵是為錢所動，這點不同於警察。只要能拿到報酬，在武偵法所允許的範圍下，不論多粗暴、多無聊的工作都能妥善處理。簡單來說就是「便利屋」。

——所以，

這間東京**武偵高中**正如其名，在校除了一般科目外，還能學習到武偵活動所相關的專業科目。

專業科目的選擇豐富，例如我現在經過的地方，就是偵探科的專業大樓。

高一第三學期，我轉科到這裡，學習古色古香的推理學以及各種偵探術……唉，在這間學校中這算是最正常的學科了。

再前面還有通信科，其對面是鑑識科。這一帶的科別還算溫和，不過再往前一點，就會到我去年第一、二學期在籍的學科——惡名昭彰的強襲科。

……我轉往體育館的方向騎去。

很好，看來還趕得上開學典禮。

雖然是這種學校，但要是二年級第一學期的開學典禮就遲到，那也有點不像話——

「你的腳踏車上裝有炸彈。」

不知何處突然傳來奇怪的聲音，內容就跟用剪字拼湊的恐嚇信一樣。

「你要是離開腳踏車或是減速，腳踏車就會爆炸。」

啊——這就是那個現在網路上頗具人氣的虛擬人聲軟體（VOCALOID）所做出來的人工聲音吧。

我分析完後，回想起剛才那番話。

——炸彈……？

沒頭沒腦的在說什麼，是哪裡來的白痴？這又是哪一種美式笑話。

我皺眉環顧四周，吃了一驚。有一個奇妙的物體，不知何時開始跟我的腳踏車並肩而行。

一台只有二輪卻能靈活行走的交通工具，有如附輪胎的稻草人。

這東西……我以前有在電視上看過。

一種名為「電動滑板車（Segway）」的交通工具。

「你也不得請求外援。要是你用手機，炸彈一樣會爆炸。」

電動滑板車上沒有人，原本該站人的地方有一個揚聲器以及——一座全自動槍座。

「——！」

槍座上頭，有一把槍口正注視著我。

烏茲衝鋒槍。

一秒內可連射十發9厘米帕拉貝倫彈，是以色列ＩＭＩ公司的經典衝鋒槍。

「什……什麼東西！你在開什麼玩笑！」

我大叫，但電動滑板車沒有半點回應。

它只顧將槍口對準著我，與我並行。

怎麼回事——？

莫名其妙地搞什麼！

我頭腦混亂，用手隨意碰觸腳踏車——坐墊裡面，不知何時被人裝了奇怪的東西。

我告訴自己要冷靜，同時用手指撫摸。

——慘了。類型我不清楚，不過似乎是塑膠炸彈。而且還是這種大小。要是爆炸別說是腳踏車，就連汽車也從地球表面上消失。

——真　的　假　的！——

一陣冷顫從我身上竄過，冷汗自我體內流出。

被擺了一道。這是什麼狀況。腳踏車被挾持了。

——這是世上罕見的劫腳踏車事件嗎！

畜牲！

畜牲！

為什麼是我？

為什麼我會遇到這種事情？

——我為了預防萬一，開始尋找沒有人煙的地方。我不停往前騎，朝第二操場騎去。

隔著鐵網看去，早上的第二操場一如往常，半個人都沒有。

我別無他法，朝著操場入口騎去。

電動滑板車還是一樣槍口對準我，和我並行著。

這種手法。不就是白雪說的那種「武偵殺手」的模仿犯嗎？

話說回來，現在該怎辦？

來這裡之前我拼了命在思考，結果還是一樣束手無策。

——喂！我。

我會死嗎？

死在這種地方。

「——？」

就在此時。我在這種不可思議的情況下，又看見更不可思議的事情。

操場附近，一棟七層樓高的公寓大樓——印象中，那邊是女生宿舍——的屋頂邊緣，有一個女孩站在那裡。

身穿武偵高中的水手服。

一頭粉紅色的頭髮，綁著雙馬尾，從遠方也可一目了然。
她跨越黎明的殘月，自頂樓**一躍而下**。
（──跳下來了！）
我的腳差點從踏板上踩歪，急忙恢復姿勢，繼續踩腳踏車。
少女縱身在虛空當中，雙馬尾有如兔耳隨風飄逸。
碰嗒！
一副飛行傘在空中展開，看來她事前已經在屋頂上做好滑空的準備了。
我踩著腳踏車，瞠目結舌地看著這幅光景。雙馬尾飄逸的少女，竟然朝這裡降了下來！
「笨、笨蛋！別過來！我的腳踏車上面有炸──」
我大叫已經太遲了。女孩的速度快得出奇。
她像盪鞦韆一樣晃動身體，將身體轉成L形，接著右、左。少女從雙腳大腿上的槍套，拔出一銀一黑的大型手槍。
接著──
「喂！那邊的白癡！快點把頭低下！」
砰砰砰砰！
我還沒來得及低下頭，少女毫不猶豫就對電動滑板車開槍了！

手槍的平均交戰距離，據說是七公尺。然而，現在少女和敵人的距離，卻是七公尺的一倍以上。更何況是在晃動的飛行傘上，而且還是雙槍水平射擊。

在如此不利的條件下，她的子彈卻像施了魔法一般接連命中。目標毫無反擊的餘地，槍座和車輪被打得四分五裂。

——厲害！

這射擊技巧實在了得。

我們學校有這等技巧的女生嗎？

少女旋轉雙槍，將它們收回槍套後，空中輕輕一盪。

裙下的臀部有如鐘擺般，少女表情嚴峻，朝我頭上飛來。

對，現在要放心還太早了。她的臀部不是重點。

因為我的屁股下面，現在有一顆炸彈！這炸彈搞不好可以拿來拆大樓了。

我為了逃離少女，騎進第二操場。

「我叫妳別過來！這台腳踏車上面被裝了炸彈！我一減速它就會爆炸！妳會被捲入爆炸的！」

「——笨蛋！」

少女占據了我的頭頂上空，接著一踏！

穿著白色運動鞋的腳，狠踩我的腦門上。

「武偵憲章第一條不是說了嗎！『同伴之間要互信互助』，我要上了！」

少女抓住氣流，向上升起。

這華麗的飛行傘駕馭法，讓我一時遺忘被踩踏的憤怒，只顧抬頭仰望。

這是什麼運動神經。不過妳好歹也穿個安全褲吧，我心想。哎呀，她一眨眼就飛走了，所以我什麼也沒看到就是了。

話說回來，她剛才的那句話。

我要上了？她要做什麼？

她想要救我嗎？

要怎麼救？

少女朝著操場的對角線，再次急速下降，朝這裡快速掉頭。

接著身體一轉。

她把腳尖穿入剛才手握的控制繩環裡，倒吊在半空中。

維持著這個姿勢，急速朝這裡飛來。

我也朝著她騎去。

「——真的假的……！」

我明白對方的意圖，臉色蒼白。

少女看見我明白她的用意，大聲命令道：

「喂！笨蛋！快點用力踩！」

同時，像倒掛的十字架一樣張開雙手。

——妳才是笨蛋吧！

哪有人有這種方式救人的！

不過也沒其他方法，只有拼了嗎！

我已經自暴自棄，猛踩腳踏車。

踩，踩，踩！用最快的速度！

我接近她，她靠近我。

眼看著我倆的距離逐漸縮短。

啊——昨天看的動畫電影裡面，好像也有這種場景。

——不過，動畫裡是男生在上面吧！

我對自己吐嘈的瞬間，在角色顛倒的狀態下，我和少女緊抱在一起。

接著，我就這樣被帶往天空。

我的臉部被緊壓在少女的下腹，一股有如梔子花蕾的酸甜芳香，直撲鼻中——

碰磅磅磅磅磅磅磅磅磅！

閃光和轟天巨響，一陣衝擊波緊接而來。

我丟下的腳踏車被炸得粉碎。

那顆炸彈果然是真的！

我們被熱風颳飛，飛行傘勾到櫻花樹被扯了下來，隨後我倆被吹到操場的角落，撞上了體育倉庫的大門。

一陣聲響，我完全不知自己撞上了什麼……

一時間，我失去了意識。

……

…………

「嗚……好痛……」

……我……

我好像屁股著地在一個類似箱子的空間裡。

——這裡是哪裡？

我不是撞進了體育倉庫裡嗎……啊！我知道了。

我在跳箱裡面。

看來我似乎把最上面一層撞飛，卡在跳箱裡面了。

可是為什麼我會動彈不得？

空間太小可能也有關係，不過跌坐在地的我，身體前方有某種酸甜芳香的「物體」，也是讓我動不了的原因之一。

這是什麼？有溫度又柔軟。

有個柔軟有彈性的物體，自左右兩旁夾著我的側腹。另外還有東西搭著我的雙肩。同時還有一個軟綿綿的物體，貼在我的額頭上。

「嗯……？」

我用額頭和臉頰，想將那軟綿綿的東西推開。

被我推開的東西，

（……好可愛……！）

是一張會讓你反射性說出這句話的少女臉蛋。

是剛才那位從女生宿舍跳下來，操縱飛行傘開槍，並把我救到空中的勇敢少女。

「……！」

這時我才發現，夾著我側腹兩邊的是少女的大腿。

搭在我雙肩上的是她的雙手。

——我倆怎麼打結成這樣我並不清楚，但我似乎**抱著**她卡進跳箱裡了！

不可能。

這不可能。

跟女生貼太近了。

炙熱的血液，開始朝身體的「中心」集中。

不、不行！我早就禁止自己有這種「反應」了。

「……喂……喂！」

我出聲攀談，但對方沒有回應。

少女像睡著般失去知覺。

濃長的睫毛，點綴在雙眼上方。

櫻桃小嘴中呼出的氣息，帶著酸甜芬香。

束成雙馬尾的長髮，在細窗送來的陽光下，帶著豐盈的光澤不停閃爍。顏色是粉紅色。真稀奇，是粉紅色的頭髮嗎？

剛才我太拚命完全沒注意到……她**好可愛**。可愛得叫人無可挑剔。彷彿從冒險電影裡頭跑出來的少女，嬌弱可愛，就像虛構的創造物一樣。

不過，她的嬌弱可愛是小孩或人偶的那種可愛……而且這麼近看起來，她又更加嬌小了。

這個體型大概是國中部。不，最近學校開放實習，搞不好她是來實習的小學生。

——這麼嬌小的孩子，成功演出剛才的搶救劇嗎？

厲害。實在太厲害了，不過……

「……嗚……」

這孩子現在跨坐在我肚子上，壓迫著我的腹部。

我呼吸不過來。

所以我開始掙扎想要改變姿勢。

有東西騷動我的鼻子。

「？」

是少女的名牌。

今天是開學典禮，所以上頭只有名字，還沒有寫上學年和班級。名字寫著：「神崎・H・亞莉亞」。

「……？」

名牌怎麼會在這麼高的地方。

我心想，同時將視線往下移。

「——！」

這位名叫亞莉亞的少女，身上的水手服……

整個上捲到脖子附近！

看來似乎是摔進這裡的衝力，讓衣服錯位了。

多虧如此，一件白底、上頭有黑桃、紅心、磚塊……等撲克牌花紋四散的花俏內衣，一覽無疑。

「65A↓B」……？

看到內衣下緣露出的奇妙標籤，我猛然想到。

這是Push-Up Plunge Bra。也就是所謂的「集中托高型內衣」。

我會知道是因為我大哥生前很清楚這種事，絕對不是我自願想知道的……這位亞莉亞似乎想把A罩杯偽裝成B罩杯。但可憐的是，我不得不說她的偽裝是失敗的。因為她的「料」太少，所以完全沒有集中托高的跡象。

話又說回來——這對我而言或許是不幸中的大幸。

要是這胸部再大一點，而且還壓在我的臉上，那我可傷腦筋了。

我會打破禁忌，不容分說地直接變身。

進入「那個模式」。

「……變……變……」

「——？」

「變態——！」

我突然聽見一陣可稱得上是娃娃聲的尖叫，叫聲中還帶了點鼻音。光是這聲音就可以吸引眾多粉絲的支持，她的這張臉蛋和體型，配上這聲音根本就是犯規。

「低、低低低、低級！」

看來亞莉亞似乎恢復了意識，瞪著我把水手服拉下後，

碰啪、碰啪、碰啪！

彎起手臂，用無力的槌拳開始敲打我的頭。

「喂、喂！住、住手！」

「你這個色狼！忘恩負義！不是人！」

碰啪、碰啪、碰啪、碰啪！

亞莉亞似乎誤以為水手服是我翻上去的！

「不、不是！妳的衣服、不是、我弄的！」

我被打得無力招架，說完這句話時——

鏗鏗鏗鏗鏗！

突如其來的巨響，襲擊了體育倉庫。

——怎麼回事？

就在我身後的位置，跳箱好像也受到幾道猛烈的衝擊。

彷彿被子彈打中一樣！

「嗚！還有是嗎！」

亞莉亞鮮紅的眼眸，瞪視跳箱外頭，接著從裙下拔出手槍。

「有什麼東西！」

「就是那個奇怪的二輪車！『武偵殺手』的玩具啊！」

「武偵殺手」？奇怪的二輪車？是剛才的電動滑板車嗎！

這麼說剛才衝擊不是「好像」，而是**真的**被槍擊！

武偵高中在體育課也會使用手槍，所以跳箱也是防彈材質。這點真是幸運。

不過，我現在被困在跳箱裡，在這窮途末路之下，我又該如何是好？

我不知道，我什麼也做不到。如果是「現在的我」。

「你也——喂！快抵抗啊！你好歹也是武偵高中的學生吧！」

「沒、沒辦法啦！妳要我怎麼辦！」

「這樣我們的火力贏不過它們！它們有七台！」

七台……意思就是說有七把衝鋒槍對準這裡嗎！

「——！」

就在此時，一件出乎我意料的事情發生了。

亞莉亞為了開槍，下意識將身體向前傾倒。

她的胸部整個壓到我的臉上。

砰砰！砰砰砰！

亞莉亞從跳箱的縫隙開槍回擊，似乎太過專注，完全沒注意到自己的胸部正緊貼在我的臉上。

啊啊！

啊啊——

這下**破功**了。

因為我有「反應」了。

雖然看起來若有似無——不對，是真的沒什麼料，不過好歹也是女生的胸部。

雖然跟荷包蛋一樣，但還是有柔軟的隆起。

現在有一對如水饅頭般柔軟、可愛的夢幻物體，壓在我的臉上。（註5）

我完全不知道。原來小胸部也可以這麼柔軟嗎。我原本以為女性的胸部要大而圓，才會有柔軟的感覺，看來我似乎錯了。

在這種緊急狀況下，我還可以冷靜思考這種問題。

這是因為我已經知道了。

知道自己已經打破內心的禁忌。

我被亞莉亞胸部擁抱的同時，我……

有了「那種感覺」。

我感覺身體的「中心」逐漸變熱、變硬，同時逐漸膨脹。這種感覺無法言語。

5　水饅頭：一種日式點心，類似台灣的涼圓。

撲通、撲通！

炙熱燙人的血液，慢慢往身體中心集中。

快到極限了。我逐漸在變貌。

——啊啊！

我進入**「爆發模式」**了！

砰砰砰！喀鏘！

手槍發出子彈用盡的聲音後，亞莉亞彎下身體，開始換彈匣。

「——打倒它們了嗎？」

「我只是把它們趕到射程外而已。現在它們躲在樹後面……待會肯定會再跑出來。」

「堅強的孩子。妳做到這樣已經算很了不起了。」

「……嗄？」

我的語氣突然變得很酷，亞莉亞聽到不禁皺眉。

啊啊，我又開始了嗎。

她的猶豫只維持了一瞬間。

我一手穿過亞莉亞的細腿，另一支手繞過她嬌小的後背，將她整個人抱在懷裡後，猛然起身。

「哇！」

「我要獎勵妳，讓妳稍微當一下公主吧。」

這突如其來的**公主抱**，讓亞莉亞嚇傻了眼。

她張大的嘴中露出像貓科動物一樣的犬齒，滿臉通紅。

我抱著亞莉亞，腳踩在跳箱的邊緣，一口氣跳到倉庫的邊端。

接著把亞莉亞放在堆積的體育墊子上。

讓她像人偶一樣坐著。

「什、什什、什麼……！」

我敏捷的動作，跟剛才簡直換了一個人似地，亞莉亞不停眨動雙眼。

「公主就坐在這裡好好休息吧。開槍這種事情，交給我就行了吧？」

啊啊，我啊，我啊。

我似乎已經無法停止自己了。

「你……你……你怎麼了？頭殼壞掉了嗎？」

心慌意亂的娃娃聲，被一陣槍聲蓋過。

鏗鏗鏗鏗鏗！

烏茲再次彈洗體育倉庫。

不過這裡的牆壁是防彈的，從它們的角度看過來，我們位於死角。開槍只是浪費子彈。

我一邊苦笑，朝著門口——它們射擊線交錯的地方走去。

「危、危險！會被打中！」

「總比亞莉亞被打中好。」

「我、我、我說你！怎麼突然變了一個人似的！你想做什麼！」

我半轉身回頭，對著滿臉通紅、腦袋混亂的亞莉亞眨眼，接著——

「亞莉亞由我來保護。」

我拔出冰銅銀色的貝瑞塔M92F，將身體暴露在門外。

並列在操場的七台電動滑板車，同時用烏茲朝我射擊。

那些子彈——

一顆都沒打中。

不可能會打中。

因為我看得一清二楚。

對現在的我而言，那些子彈看起來就像慢動作一般，動向一目了然。

好槍法。全都瞄準我的頭部。

我將上半身大幅向後仰，躲過那些子彈。

接著維持這個姿勢，手臂由左至右橫掃，用全自動模式反擊。
不用看我也知道那些子彈會朝哪去。
我射出的子彈共有七發——
它們全朝著烏茲的槍口飛去！

鏗鏘鏘鏘鏘！

電動滑板車的槍座上的烏茲，全數被炸飛。
被我射出的七顆子彈，輕而易舉地。
七台電動滑板車重疊倒下，我確定它們不再有動靜後，回到體育倉庫。
倉庫裡的亞莉亞不知為何又跑進跳箱裡。
她從跳箱露出上半身，一副「剛才在我眼前發生了什麼事？」的表情。
接著我們視線相接，她瞪了我一眼後，像打地鼠機一樣縮進跳箱裡。
……怎麼回事。
她好像在生氣的樣子。
「——我、我可不會感謝你喔。那種程度的玩具，我一個人也可以打倒它們。真的！我不騙你！」

亞莉亞一邊逞強，同時在跳箱裡沙沙作響。她在裡頭不知在蠢動什麼。

看來她似乎在整理亂掉的衣服。

不過要整理大概有點難度吧。剛才公主抱的時候我有看見，亞莉亞裙上的扣子，似乎在最初的爆炸衝擊中給弄壞了。

「還、還有，你不要以為這樣，就可以把剛剛的事情蒙混過關，那是可行不通！你那是強制猥褻！可是名符其實的犯罪！」

亞莉亞說完，紅色的眼眸從跳箱的隙縫瞪著我。

「……亞莉亞，那是一個可悲的誤會。」

我把褲子的腰帶抽下，丟進跳箱裡。

「那是不可抗拒的，希望妳能明白。」

「你、你說那是不可抗拒的！」

亞莉亞用我的腰帶固定住裙子，同時壓著它，從跳箱裡敏捷跳出。

她的身軀看起來十分靈活，輕輕落在我的正前方。

咦！

她現在是站著嗎？還是？

亞莉亞讓我有這種感覺，她的體型果然很嬌小。加上頭頂那個固定雙馬尾、看起來像犄角的髮飾，身高大概也不到一四五吧。

「老、老實說……你實在是……！」

亞莉亞一邊說，滿臉通紅地瞪著我。

她握緊拳頭。

接著哇、哇、哇地大叫。她櫻桃色的嘴唇顫抖，用力踏了地板一腳，讓自己鼓起勇氣開口說：

「你、你趁我昏倒的時候，想、想要脫、脫脫、脫我的衣服不是嗎！」

如果這麼難啟齒，那妳就別說了吧。

「而、而而，而且還、還、還，」

碰！

她又踩了地板一腳。妳跟地板有仇嗎？

「還看了我的胸部！這是事實！你是強制猥褻的現行犯！」

亞莉亞似乎快從頭上噴火出來一樣，臉頰更加通紅。連耳朵都紅透了。

「你到底！想要！做什麼！你、你要負責！」

碰！碰！碰！

這次的跺腳又換了一個新的節奏。

負責？要我負什麼責？

「好，亞莉亞，妳冷靜下來思考一下。妳知道嗎，我是高中生，而且今天開始就二年級了。我不可能會去脫國中生的衣服吧？我們年紀差太多了。所以，妳大可放心。」

我溫柔地對她說明，亞莉亞聽完口中哇哇大叫，舉起雙手揮舞。

她似乎因為打擊過大而無法言語。

隨後她淚眼汪汪，眼神凶狠地瞪著我。

「我不是國中生！」

碰！被踩踏的地板終於裂開，木片四散。

——糟糕。

原本想說服她，現在卻弄巧成拙了。

看來是因為年齡的關係，讓她更火上加油。

女人這種動物有一種習性，如果有人覺得她們看起來比實際的年齡大，她們就會生氣。而且這孩子很兇暴。在這樣下去體育倉庫的地板就要開洞了。這邊還是順著她比較好。

「……抱歉。原來妳是來實習的小學生啊。剛才妳救我的時候，我就這麼想了。妳真棒，小亞莉亞真是一個——」

勇敢的孩子，正當我想說出這句話時，亞莉亞突然垂下頭。

壓低著臉。

臉蛋的上半部呈現陰影狀，看不見她的表情。

接著她的雙手往大腿一拍。

這次又要做什麼，這孩子真是忙碌啊。

「這種傢伙……這種傢伙……我不該救他的！」

砰砰！

「嗚喔！」

兩發子彈打在我的腳邊，我臉色頓時鐵青。

這孩子開槍了！而且還是雙槍齊射！

「我——是——高——二——生！」

福無雙至，禍不單行。

「等、等一下！」

亞莉亞在極近距離下，舉槍對準我。

我幾乎是猛撲過去，用雙手的腋下夾住她的細手，將她往後推。

砰砰砰！　喀鏘、喀鏘！

亞莉亞反射性地扣下扳機，子彈打中我身後的地板發出聲響。

我聽聲音就明白，她現在兩把槍都沒子彈了。

幸好我是「爆發模式」。如果是「普通的我」，恐怕現在已經吃了好幾顆子彈，倒在地上痛苦翻滾吧。

我們就這樣糾纏在一塊。

「——嗯——哈！」

亞莉亞扭轉身體，出其不意用類似柔道的跳腰招式，完全無視我倆體格的差距，將我摔了出去。

「嗚——！」

她也會徒手格鬥嗎？而且身手還滿俐落的。

我勉強用受身倒法化解衝擊，接著趁勢滾到倉庫外。

「你逃不掉的！從來沒有犯人可以從我手中逃走！一次都沒有！咦、咦？奇、奇怪？」

亞莉亞一邊大叫，雙手在裙子內側不停摸索。

她大概在找彈匣，想要裝子彈。

「抱歉喔。」

剛才我被摔出時，趁機從她裙子裡摸走了備用彈匣。我把彈匣舉起，朝遠處丟去。

「啊！」

亞莉亞用眼睛追著彈匣，看著它掉進草叢後，將手中兩把變成廢物的手槍，上下轉動。

這動作似乎想表達「看你做的好事！」的生氣之意。

「可惡！我饒不了你！就算你下跪哭著道歉，我也不饒你！」

亞莉亞將手槍插回槍套，把手向後伸進水手服裡。

錚錚！

她拔出了藏在身後的兩把刀。

手槍、徒手格鬥，現在是刀子嗎！

我啞然失聲，亞莉亞腳步一蹬，用超乎常人的爆發力朝我撲來。

接著兩把短日本刀朝著我的雙肩，如流星般刺了過來。

颯颯！

我好不容易後滾閃過。

「強制猥褻男乖乖受——嗚呀！」

亞莉亞朝我一股腦衝來時，突然發出像新品種山貓一樣的叫聲。

接著她整個人後仰摔得四腳朝天。有如被一個看不見的對手，用岩石落下技向後摔出去一樣。

她的腳邊有好幾顆東西在滾動。那些是我從亞莉亞的彈匣中取下的子彈。

剛才，我趁她的注意力被空彈匣吸引住時，將它們撒在地板上。

「你、你這……喵嗚！」

她想起身時腳又踩到子彈，再次摔得人仰馬翻。好像漫畫的場景。

趁這個機會，我決定腳底抹油。

亞莉亞擁有超乎常人的戰鬥力。不過她現在因為憤怒和羞恥，失去了冷靜。

相對地，我現在是「爆發模式」。

就算對方是一百個FBI搜查官，我也照樣逃得掉。

我一邊心想，馬耳東風地聽著身後傳來的恐嚇話語。

「你這卑鄙的傢伙！我要在你身上開一個大洞！」

這就是我——遠山金次，

和之後被稱為「緋彈亞莉亞」，同時令全世界罪犯聞之喪膽的鬼武偵——神崎・H・亞莉亞……

充滿硝煙味，又糟糕到不行的第一次接觸。

2彈　神崎・H・亞莉亞

（……我又來了……）

最後我還是沒能趕上開學典禮。典禮結束後，我帶著鬱悶的心情，向教務科報告完事件的經過後，步履蹣跚地往新班級走去。

情緒爆發學者症候群（Hysteria Savant Syndrome）。

我稱呼它為「爆發模式」。人類在戀愛時，腦中會分泌出一種名為β腦內啡（βendorphin）的神經傳導物質。而罹患此症候群的人，其分泌的β腦內啡量約是正常人的三十倍，藉由此傳導物質，可戲劇性地亢進大腦、小腦、脊髓等中樞神經系統的活動。

也就是說，在爆發模式下，邏輯思考能力、判斷力，甚至反射神經都會飛躍性地提升，如此如此、這般這般……

唉，一言以蔽之。

擁有這種特性的人，在**「性亢奮」**時就會進入超級模式，一段時間會性格大變，彷彿變了一個人似的。

雖然我現在已經恢復原狀……不過在亞莉亞，也就是在女生面前進入爆發模式這件事情，還是讓我很消沉不已。

因為我根本不想讓人知道我有這種體質。

特別是讓女性。

（因為女人這種動物，實在太可怕了……）

為了繁衍後代，男性在保護女性時力量多少都會有所提升，這是本能。而爆發模式卻異常提高了這項本能。

正因如此……或許是這項本能作祟，我進入爆發模式後，面對女性時會陷入一種不可思議的心理狀態。

其一，就是無論發生什麼狀況，我都會想要保護身邊的女性。

如果眼前出現困惑或陷入危機的女性，我就會毫不保留地使出能力去幫助她們，依照對方的要求去戰鬥。

然後還有一點，就是我最難以忍受的。

此時，我對女性的言行舉止會十分做作。

這是因為爆發模式是建構在「繁衍子孫」的本能之上，所以在女性面前，我會去扮演一個具有魅力的男性角色……但爆發模式下的我，卻是一個可怕的牛郎，不僅對女性很溫柔，懂得誇獎和安慰，還會不經意地碰觸她們的身體，啊啊，事後每次回想起來，都會讓我很想去死。

（不過，唉！更可怕的是……那些女性。）

現在回想起來，我在國中——神奈川武偵高中附設中學的時候最糟糕。

有一部分女性知道我這個體質，而學會**利用**我。

她們用盡各種惡作劇讓我進入爆發模式，然後奴役我。有人在學校被欺負，所以利用我去報仇；也有人利用我去制裁性騷擾學生的教師。

也就是說，她們自以為是地把我塑造成「正義使者」。

（白雪這種類型的女生，我也很傷腦筋啊……）

因為上述理由，所以我才會離開神奈川，來報考東京武偵高中，而考試的那天早上

我倒楣是大家公認的事情，當天不巧發生了一些狀況。那天白雪被一群不良少年纏上，在走廊上奔跑想要逃離他們，結果我們剛好在走廊上撞個正著，我被她壓在地板上，那一幕就跟漫畫一樣……結果在東京，我突然就進入爆發模式。

隨後，我收拾掉那群追著白雪跑的不良少年，最後還溫柔地安慰了抽搭哭泣的白雪，甚至對她甜言蜜語，直到她心情恢復平靜。

從那之後，她天生愛照顧人的個性，又更上一層樓了。

（我原本想過著遠離女性的生活說……）

那種書和DVD我倒是不怕。原本我就對那些東西不感興趣，更何況只要不去看它

們，就什麼問題都沒有了。

然而，這對活生生的女性可行不通。

她們的上衣和裙子底下都藏有炸彈，而且還四處走動。

（畜牲……幹嘛讓我遺傳這種麻煩的病啊……）

我不停抓後腦，走進這學期新分配的2年A班。

是的，我們遠山家代代遺傳了這項能力。

這能力非常難搞、麻煩、令人羞恥，同時……

——**還是令大哥自滅的可恨力量，我詛咒它。**

「老師，我想坐那傢伙旁邊。」

2年A班初次的班會上，

一個差點令我昏倒的不幸事實，剛才那位粉紅色雙馬尾少女，**跟我一樣是2年A班**，她現在突然指著我如此說道。

班上同學瞬間啞口無言，接著同時朝這看了過來……

接著「哇啊！」地發出歡呼聲。

而我則是從椅子上滾落。

瞠目結舌。我只能瞠目結舌。

剛才老師說：「嗯呼呼！那我們就先請去年第三學期剛轉來的可愛女生，先做個自我介紹吧！」聽到這句開場白，我就有不好的預感。

接著，有一個小不點從我死角處的座位站起，走上講台。不會錯，她就是剛才那位神崎・H・亞莉亞。我已經脫離爆發模式，恢復到普通模式，所以我完全不知該如何應對，內心有一半已經抱著被開槍的覺悟，顫抖著。

然後她突然說要坐在我旁邊。

「為、為什麼啊……！」

她應該不是想把我當成「正義使者」來利用。爆發模式的事情她應該還沒有察覺。因為她中意我——這也不可能。剛才她直到最後一秒，還對我兵刃相向，所以應該很氣我才對。

那她希望坐我旁邊，是因為想把我折磨致死嗎？

「太……太好了，金次！我不知道怎回事啦，不過你的春天好像來囉！老師！我自願跟轉學生換位子！」

坐在我右邊的高大男子，就選舉當選的議員秘書一樣，握著我的手上下搖動，同時笑容滿面地離席。

這位身高接近一百九十公分的刺蝟頭，名叫武藤剛氣。

他是車輛科的優等生，以前我在強襲科的時候，他常載我們去現場，身懷絕技的他，只要跟交通工具搭上邊的東西，從速克達到火箭都能駕馭自如。

「哎呀呀！最近的女高中生還真積極啊。那武藤同學，你就跟她換位子吧。」

老師看似有些高興，交互看了我和亞莉亞，馬上就答應武籐瞎起鬨的提議。

哇——！哇——！拍拍拍！

教室內開始拍手喝采。

——不對！我根本不認識她。而且那個凶暴女剛才還朝我開槍，所以快收回成命啊！

我正想如此跟老師抗議時，

「金次！這個還你，剛才的腰帶。」

亞莉亞突然直呼我名諱，接著把我在體育倉庫借她的腰帶丟了過來。

仔細一瞧，她身上的制服不知去哪換了一套新的。

我接下腰帶後，

「理子知道了！全都知道了！答案呼之欲出了！」

坐在我左邊的峰理子，猛然起身。

「欽欽沒有繫腰帶！而且那條腰帶在馬尾小姐那裡！這很謎吧？很謎吧？不過理子已經推理出來了！完全推理出來了！」

身材跟亞莉亞一樣嬌小的理子，是偵探科天字第一號的笨蛋女。

證據就是她身上的制服，繡上了一堆飄逸的荷葉花邊。這好像是一種叫做甜美蘿莉塔（Sweet Lolita）的裝扮。

附帶一題，「欽欽」這奇怪的綽號，正是這怪人幫我取的。

「欽欽在她面前，做了『某種』需要拿下腰帶的行為！然後把腰帶放在她的房間裡忘了拿！也就是說這兩位目前正陷入熱戀當中！」

理子抖動左右兩撮帶著小自然捲的頭髮，口中冒出她的笨蛋推理。

戀愛？妳好樣的。

然而，這裡是笨蛋群聚的武偵高中。

那種推理還是讓炒熱了全班的氣氛。

「金、金次什麼時候跟這麼可愛的女生交往的！」「我還以為他存在感很薄弱呢！」

「別說是女生了，他對旁人也是一副不感興趣的樣子，沒想到私底下居然！」「骯髒！」

武偵高中的學生在一般科目是採分班制；而各專業科目則是和社團活動一樣，跨班、跨學年。因此學生之間遇到熟人的機率很高……

不過新學期才剛開始，一遇到這種八卦，各位的默契也未免太好了吧。

「我、我說你們……」

正當我抱頭趴在桌上時，

砰砰！

兩聲響徹教室的槍響，讓教室內瞬間凍結。

——滿臉通紅的亞莉亞，拔出雙槍扣下了扳機。

像大鵬展翅一樣張開的左右手前方，兩端牆上各開了一個彈孔。

「什、什麼戀愛……無聊！」

鏗鏘！鏗鏘！

兩粒彈殼自槍內彈出，落地聲更突顯了周圍的寂靜。

笨蛋理子扭動身體，像在跳前衛舞蹈一般，慢慢坐了下來。

……武偵高中規定，在射擊場以外的地方，「沒必要盡量別開槍」。也就是說，你要開槍也不禁止。畢竟這裡是培育武偵的學堂，而槍戰對武偵來說是家常便飯，所以學校有必要讓學生跟軍人一樣，對槍聲感到麻痺。即使如此……

在新學期的自我介紹時突然開槍，她肯定是史上第一人。

「你們都聽好了！下次誰還敢說這種蠢話……」

這是神崎・H・亞莉亞，對武偵高中眾人說的第一句話。

「我就在他身上開洞！」

午休時間一到，我馬上被眾人逼問，好不容易我才擺脫掉班上那群笨蛋，跑到理科大樓的頂樓避難。

就算問我亞莉亞的事情，我也無法回答。我們今早初次碰面，腳踏車遇劫時她救了我，然後我又被她追著跑，我們的關係僅限於此。我對她這個人可說是一無所知。

正當我無精打采，呼吸中夾雜著嘆息時……有幾位女學生聊著天，走到屋頂上來。

這聲音我有印象。好像是我班上強襲科的女生。

我像個罪犯一樣躲在陰影處。

「剛才教務科發出的宣導郵件啊，有個二年級男生的腳踏車被炸了。那個是不是金次啊？」

「啊！我也覺得是。因為他開學典禮沒出現。」

「哇！今天的金次還真倒楣。腳踏車被炸，而且還碰到亞莉亞？」

女子三人並肩坐在鐵絲網旁，似乎在聊我的事情。

我的表情像吃了一百根苦瓜一樣愁眉苦臉，安靜地藏好自己。

「剛才的金次有點可憐呢。」

「對啊。亞莉亞從早上開始，就在四處調查金次的事情。」

「啊！亞莉亞也突然跑來問我。問說金次是個怎樣的武偵，實績怎樣之類的。我就隨便應付她說：『金次以前在強襲科很厲害。』」

「亞莉亞剛才在教務科前面。肯定是在調查金次的資料。」

「哇!他們真恩愛呢。」

我是當事人之一，所以下意識偷聽了她們的對話。

早上開始就在調查我……也就是說在腳踏車遇劫後，她就在挖我的底嗎?

「金次好可憐。明明討厭女生，好死不死又碰到亞莉亞。我不管她是不是在歐洲長大的，她完全不會看周圍的氣氛。」

「可是可是，亞莉亞不知為何在男生之間很受歡迎喔?」

「啊——對對!聽說她第三學期剛轉學過來，馬上就有粉絲俱樂部成立。攝影社在體育課偷拍的照片，價格好像還不便宜呢。」

「那我知道。就是花式溜冰和啦啦隊訓練的課程上，偷拍的拍立得照片，聽說價格好像都以萬來計算呢。還有新體操的照片也是。」

那是哪一國的課程啊。這間高中真的不要緊嗎。

「不過她好像沒有朋友。因為她常常請假。」

「中午吃便當的時候，她也是一個人縮在角落。」

「嗚哇!總覺得好噁心喔!」

女生們聊得正起勁，而我則是越聽越消沉。

我對他人毫不感興趣，甚至連她的存在都不知道……

但亞莉亞這個人，在這間怪胎雲集的武偵高中裡，似乎是一個非常顯眼的人物。

要從武偵高中轉到普通學校，有期間性的限制。

因為武偵法規定，學生所持的槍枝刀械必須統一向公安委員會提報，因此要等到四月的更新期，才能提出休學申請。

而想要轉學的學生，需提前一年至六個月向教務科提出申請。而那些申請資料，我已經準備好了。

很快我就會把它交出去，明年四月，我就要從武偵的世界金盆洗手。

（不過……我還真捨不得這個房間。）

——黃昏。

總算遠離班上那群笨蛋的我，穩坐在自家的沙發上，隔著窗戶眺望東京天空的晚霞。

從今年一月開始，我就一個人住在宿舍的這間房裡。

這裡原本是四人房，不過因為我轉科，剛好偵探科又沒有男生可以跟我共住，所以我才沒有室友。

這對我而言反而幸運。

我可以不被武偵高中的怪胎打擾，在這個空間裡安穩、自由自在地生活，這實在太棒了。獨居萬歲。

（啊啊！好平靜……）

今天早上的腳踏車遇劫，好像假的一樣。

關於那起事件，鑑識科已經回收電動滑板車的殘骸，偵探科也開始著手調查。

……然而，打打殺殺在武偵高中裡是家常便飯，殺人未遂這種事通常會不了了之，也是個可悲的事實。或許是因為之前待在強襲科，我對槍戰早已習慣過頭；而且今天亞莉亞的事情又害我被折磨了一整天，所以我雖然身為被害人，卻倒也不是那麼在意。

但那究竟是……怎麼一回事？以惡作劇來說，也未免太惡質了。

「武偵殺手」的模仿犯是一個炸彈狂。

炸彈狂是這世上最卑劣的犯罪之一，通常都不針對特定目標。最普遍的手法是利用無差別爆炸來吸引眾人目光，然後再對社會提出自身要求。

叮咚！

這麼一來，我只是剛好倒楣腳踏車被裝炸彈嗎？

叮咚叮咚！

還是說對方是針對我？但原因又是什麼？跟我有仇嗎？

叮咚叮咚叮咚叮咚叮咚叮咚！叮咚叮咚叮咚！

啊——！吵死了！

不知道是誰剛才開始就在猛按我房間的門鈴。原本想裝做不在家，看來似乎行不通。

搞什麼。今天發生很多事情讓我疲憊不堪。至少放學後讓我平靜度過吧。

「誰啊……？」

我心不甘情不願地打開門——

「慢死了！下次我按門鈴，你五秒鐘之內就要開門！」

咦！

有個身影在門外雙手插腰，眼梢上翹的雙眼中，一對紅紫色眼珠正上翻瞪著我。

「神、神崎？」

是穿著制服的神崎・H・亞莉亞。

我像漫畫主角一樣揉了揉雙眼後，張大眼一看，的確是亞莉亞沒錯。

為什麼　這傢伙　會在這裡！

「叫我亞莉亞就好。」

亞莉亞一說完，單腳跳啊跳地把鞋子隨意脫在玄關處，快步侵入我的房間。

「喂、喂！」

我伸手想要阻止她，但被她利用幼兒體型，蹲下閃過。

我手尖只掠到她長長的雙馬尾，留下柔順的觸感。

「等一下！不要隨便跑進來！」

「把我的旅行箱搬進來！喂！廁所在哪裡？」

亞莉亞完全不聽我說話，在房內四處張望。接著眼尖地發現廁所後，小跑步跑了進去。

……不好了。

這裡是武偵高中。

而「武偵」的辭源是「武裝**偵探**」。

我似乎被她跟蹤了。

「什麼旅行箱來著……」

我搞不清楚狀況，環視周圍一圈後，發現有一個滾輪式旅行箱端坐在玄關前，那應該是亞莉亞帶來的。上頭的標誌一眼就能知道那是名牌貨，條紋樣式頗具新潮感。

不過，這也太反常識了。

要是住在附近的同學，看到我房間前面有個女用旅行箱，事後可是會被說一堆有的沒有的。

今天早上我也跟白雪說過，這棟大樓可是男生宿舍。

「這邊你一個人住？」

亞莉亞從上完廁所出來洗手時，我剛好要把旅行箱拖進玄關。裡面異常沉重，不知放了什麼。亞莉亞完全不看我一眼，自顧自地在觀察房內。

接著她走進客廳深處的窗戶旁。

「算了沒差。」

什麼叫沒差？

亞莉亞的身體染成了夕陽色，朝我轉過身來。

長長的雙馬尾，隨著她的動作畫出優美的線條。

「——金次，我要你當我的奴隸！」

……

………

……………不可能。

這不可能吧，這傢伙。

突然救了我之後，又對我開槍揮刀。然後指名要坐在我旁邊，還隨便跑進我家來，最後居然要我當她的奴隸？

「喂！還不快點拿飲料出來！真是沒禮貌！」

碰！

亞莉亞讓裙子大幅飄揚，嬌小的屁股直接坐到我剛才坐的沙發上。她翹起腳，大腿微露，掛在腿上的雙槍其中一把暴露了出來。連放學後也帶槍嗎。真是個危險人物。

「咖啡！Espresso・Lungo・Doppio（雙倍義式濃縮咖啡）！砂糖要濃縮咖啡專用的！一分鐘以內！」

沒禮貌的人是妳。

還有，那個聽起來像魔法咒文的咖啡是什麼鬼東西？

我直覺到她不會這麼輕易就離開，只好泡了一杯即溶咖啡給她。

亞莉亞一臉疑惑，雙手把杯子靠近鼻頭，左右聞來聞去。

「這真的是咖啡？」

看來她似乎不知道即溶咖啡這種東西。

「我只有這種，妳喝下它的時候記得心懷感激。」

亞莉亞啜飲一口後，

「好奇怪的味道。有點像希臘咖啡……嗯——可是又不一樣。」

「味道不是重點吧。重點是，」

我坐在桌邊的椅子上，喝著自己的咖啡，同時用手指著侵入民宅的少女。

「我很感謝妳早上救了我。還有那個……我說了一些讓妳生氣的話，這我也跟妳道歉。不過，妳幹嘛跑進我家來。」

我嘴巴扭成「ㄟ」字型說完，亞莉亞拿著杯子，紅色眼珠微動看著我。

「你不明白嗎？」

「誰知道啊。」

「我以為如果是你應該早就知道了。嗯……反正你之後就會猜到的。哎呀！這樣也好啦。」

並不好。

「我肚子餓了！」

亞莉亞突然改變話題，同時將身體靠在沙發的扶手上。

嬌滴滴的動作，讓我臉頰微紅，挪開了視線。

「有沒有吃的？」

「沒有！」

「不可能沒有吧，你平常都吃什麼？」

「吃的東西我都是去樓下的便利商店買。」

「便利商店？啊，就是那個小超市嗎？那我們走吧。」

「走是要走去哪裡？」

「你真笨。當然是去買吃的啊。已經是晚餐時間了吧？」

糟糕。我倆的對話牛頭不對馬嘴。

難到她想在這邊吃完晚餐才走嗎？我希望她快點離開說。

我感到頭痛，用手壓著額頭，亞莉亞像裝了彈簧一樣，從沙發彈起。

接著朝我的方向步步逼近，把臉貼了過來，從我的下巴處抬頭仰望。這距離實在太近了。

「喂！這邊有賣松本屋的『桃饅』嗎？我想吃那個呢！」

武偵必須要小心的東西有三。黑暗、毒品，還有女人。

身為第三項的亞莉亞，在便利商店居然買了七個桃饅。

桃饅過去曾經刮起一陣熱潮，簡單來說就是桃子形狀的甜包子。店裡所有桃饅都被她收購一空。我還在想她該不會想一個人全吃完吧，結果似乎真的是如此。現在亞莉亞坐在桌前已經吃了五個。她的嬌小身軀怎麼塞得下這麼多桃饅。

我跟平常一樣吃著漢堡肉便當，同時眼珠上擠，暗示這位麻煩的侵入者快點回家。

但亞莉亞把我當空氣一樣，開始享用第六個桃饅，同時把手放在臉頰上，一臉陶醉。那有這麼好吃嗎？

「……話說回來，妳說的那個奴隸是什麼意思？」

「就是要你來強襲科，加入我的隊伍。然後我們一起做武偵的工作。」

「妳在說什麼鬼話！我就是討厭強襲科，才會轉到武偵高中裡最正常的偵探科。而且我還想轉學到普通高中，連武偵我都不想當了。妳還想叫我回到那種不正經的地方，我辦不到。」

「我最討厭聽到三句話。」

「妳有在聽我說嗎！」

「『辦不到』、『好累』、『好麻煩』。這三句話非常不好，會抹殺人類所擁有的無限可能。下次別在我面前說這三句話，知道嗎？」

說完，亞莉亞大口吃下第七個桃饅，舔了沾在手上的餡料。

「金次的位置——對了，就跟我一起打前衛好了。」

前衛，英文是Frontman，在武偵組成的小隊中，是位居第一線的人物。是負傷率最高，也是最危險的位置。

「一點都不好。而且妳為什麼要找我？」

「太陽為什麼會升起？月亮為什麼會發光？」

她又突然離題了。

「金次問題真多，跟小孩子一樣。你好歹也是武偵，自己收集情報推理看看啊。」

妳這幼兒體型沒資格這樣說我。

這句話正要從我口中說出來時，我突然想起早上因為這樣差點沒命，只好把話往肚裡吞。

總而言之。

我明白了一件事情。

我跟這傢伙的對話完全不成立。

亞莉亞就像投球機一樣不停丟出自己的要求，要跟她對抗，我也必須用開門見山法，用強硬的姿態表明自己的意思。

我如此判斷，刻意傲慢地說：

「反正妳快點離開！我想要單獨靜一靜。快出去！」

「哎呀！我會走的。」

「妳會走是什麼時候走？」

「等金次決定回強襲科加入我的小隊，我就回去。」

「但是現在已經晚上囉？」

「不管怎樣我都要你加入。我已經沒有時間了。如果你不答應的話——」

「我不答應！如何？看妳能拿我怎樣。」

我斷然拒絕後，亞莉亞用她的大眼瞪著我。

「你不答應我就住在這裡！」

——啥！

我的臉頰像是痙攣一樣開始抽動。

「等……等一下！妳說什麼傻話！絕對不行！快回去……嗚！」

我驚訝之餘，剛才吃下的漢堡肉險些吐出來，好不容易我才把它吞了回去。

「吵死了！我說要住下來就是要住下來！我早就做好長期抗戰的準備了！」

亞莉亞指著玄關的旅行箱，同時瞪著我，嗔怒大叫。

原來那裡頭裝的是住宿要用的東西嗎！

為何要做到這種地步？她的目的是什麼？

我回到強襲科，對這傢伙又有什麼好處？

「——滾出去！」

這句話不是我說的。

亞莉亞搶了我的台詞，早一步大喊。

「為、為啥我要出去！這裡是我的房間吧！」

「不懂事的傢伙要受處罰！你去外面冷靜一下！不要太快回來！」

亞莉亞舉起雙拳，露出貓咪般的犬齒，「咿」地對我齜牙瞪眼。

我莫名其妙被掃地出門。

我在夜幕低垂的便利商店裡，嘟著嘴站在書架前看雜誌。只看不買似乎有點過意不去，所以我買了一本雜誌回到房間。

我像小偷一樣躡手躡腳，輕輕把門打開。我明明是這裡的主人。

喔？

沒看到亞莉亞。

我到客廳和廚房看了一下，也沒有她的身影。

太好了！老天似乎收到我的願望。雖然不知道原因，不過她似乎回去了。

我放下心來嘆了口氣，心想剛回家要先洗個手，往洗手台走去時，

鏘鏗！

浴室傳來聲音。

仔細一看，霧玻璃門的後方，洗澡間的電燈好像開著。

裡頭一個模糊嬌小的人影，從浴缸裡伸出腳，正在用鼻子哼歌。

啊？搞什麼。原來她在浴室啊？

——咦！

——浴室？

我在洗手台處向後一退。

原來如此。她想洗澡所以才把我趕出去嗎？

我戰戰兢兢往下看，亞莉亞的制服散亂在塑膠洗衣籃內。內翻的裙子內側有藏槍用的槍套，兩把手槍暴露在燈光下。同樣是內翻的白色上衣裡，一樣能看到兩把短日本刀。

嘩啦！

人影，不，亞莉亞離開浴缸的聲音，讓我的心臟差點停止。

不會吧。

太誇張了。

我腦中一片混亂，此時一道聲音更讓我亂了方寸。

……叮、咚！

彬彬有禮的門鈴聲！

這種按鈴方式！

（白、白雪！）

這場面實在太過於戲劇化。

「嗚、嗚喔！」

碰！

我衝出浴室，在走廊上腳打結，一股勁地撞上了牆壁。

「小……小金你怎麼了？不要緊吧？」

門外傳來白雪的聲音。

不、不妙。剛才的聲音被她聽到了。

這下不能假裝不在家了。

「啊、啊啊！我沒事。」

我故作鎮定，打開玄關的門——

白衣加上緋袴——身穿巫女服的白雪，拿著一個包裹站在那裡。

「妳、妳幹嘛穿成這樣？」

我瞄了洗澡間的方向一眼，同時語氣粗魯地問道。

「啊……這個嗎？我今天上課上得比較晚……想說趕快幫小金做好晚餐送過來，所以沒換衣服就直接來了……你、你不喜歡的話，我現在馬上回去換。」

「不用，我沒差。」

不這麼說，她恐怕真的會回去換。

她說的上課，是指S研的課吧。

S研是專業科目——超能力搜查研究科（SSR）的簡稱，這名字光聽就叫人弔詭不已。這位巫女小姐在那似乎也是優等生，詳細情形我不清楚，我也不想去了解。

現在不是說這些的時候。因為我房裡頭發生了超自然現象。

「我說小金，今天早上，宣導郵件說的那個腳踏車爆炸事件……那該不會是小金你吧……？」

「啊？對，是我沒錯。」

我快口說完，白雪一陣訝異，跳離地板十公分。

「不、不要緊吧！有沒有受傷？讓、讓我幫你包紮！」

「我沒事，妳不要碰我。」

「好、好……不過你沒事真是太好了。可是我還是無法原諒犯人，居然找上小金！我一定要把犯人五馬分屍然後灌水泥……不是，我一定要逮捕他！」

總覺得剛才……她好像說了某些奇怪的辭彙，是我聽錯了吧。

就當作是這樣吧。

「好、好了啦，在武偵高中，槍戰跟爆炸是家常便飯吧。這話題就到這邊為止！」

「好、好的。那個……嗯！」

白雪欲言又止似乎還有話說，但最後點頭答應。

這種順從的態度，真希望某位綁雙馬尾的也能仿效一下。

「……可是……那個，今天晚上的小金，好像……有一點奇怪喔？」

「奇、奇怪？哪邊奇怪？」

「總覺得好像比平常還冷淡……」

嚇！這猜疑是怎麼回事。

「是、是妳的錯覺！妳有什麼事情比較重要！找我做什麼？」

現在不快點趕走她可就糟了。

萬一亞莉亞包著浴巾跑到走廊上，那後果肯定不堪設想。

「那、那個啊，這個給你。」

白雪扭扭捏捏地把手上的包裹拿到我面前。

「竹筍飯，我幫你做的晚餐。現在剛好是竹筍的季節……而且我明天開始又要去合宿，這次要去恐山，所以暫時不能幫小金做飯了……」

「喔，好。多謝多謝。好，那妳任務達成，可以回家了吧？」

我接過包裹後，白雪露出開心的笑容。

接著，臉頰慢慢染成櫻桃色。

「一、一天做兩餐，總、總覺得我好像是小金的妻子一樣……我在說什麼啊。啊哈、啊哈哈！我好奇怪。對，很奇怪！小、小金你……覺得如何呢？」

「好啦好啦！我知道了，請妳快回家吧！白雪。」

「『好啦』……也就是說，小金認、認同我是你的妻……」

我情急之下脫口而出的回答，白雪聽到一臉感激地抬起頭來。

——嘩啦！

幽幽古池塘，女子出浴水聲響。（註6）

嗚哇哇哇！心臟在我體內，猛跳到肩膀附近。

「嗯？裡面有人嗎？」

「您搞錯了，裡面沒有半個人啊！」

我口中不知為何冒出敬語，同時跟相撲力士一樣，用推掌把白雪推出去。

「……小金，你是不是有事情瞞著我？」

白雪的眼神逐漸失去光輝，瞬間面無表情。

「沒有！沒有沒有沒有！我怎麼可能有『失情』，不是，有事情瞞著妳呢！」

「……是嗎。那就好。」

微笑——

白雪露出有如春風般爽朗的笑容，終於轉身離開了。

太……太好了！

6　本句改編自日本「俳聖」松尾芭蕉的名俳句：幽幽古池塘，青蛙跳入水聲響。

總之前門的老虎已經解決掉了。

我轉身回到室內，把竹筍飯丟到一旁，跑進浴室。

要趕快處理才行。接下來是後門的狼。

從亞莉亞的兇暴性來看，如果她知道我趁她洗澡的時候跑了回來，可能會不明究理就朝我攻擊。我必須沒收她的手槍跟日本刀才行。

我如此盤算，蹲在洗衣籃前摸索時，

喀啦！

亞莉亞大小姐居然一口氣拉開洗澡間的門。

「！」

雙方一陣沉默。

雙眼對望。

洗澡間傳來那熟悉梔子花香。

亞莉亞的雙馬尾鬆開，全身光滑，一絲不掛。

「變……變態……」

她用右手遮住胸口，左手遮住那個……肚臍下方。

接著不停顫抖。

她看見我雙手伸進她的制服內，全身起雞皮疙瘩。

「不……不是妳想的這樣……！」

我拿起她的武器站起，想證明我的清白。

——錯就錯在這裡。

由於太過慌亂，我根本沒注意到雙刀上頭掛著兩塊布。

右手刀一塊。

左手刀一塊。

亞莉亞的上下貼身衣物懸掛在上頭，就像信號旗一樣。

一套印有許多撲克牌小花紋，像小孩穿的棉質內衣褲。

「去死吧！」

碰！

「嗚！」

我還沒來得及進入爆發模式，亞莉亞就踢了過來。

一個角度相當不妙的前踢，讓我身體彎成了「く」字型。

接著她扯下內褲後，我還是死命不放開武器。

「你真的去死吧！大變態！」

碰！

她用另一隻腳，對準我的臉使出跳膝擊。

我的臉大概凹陷了十公分吧。

神啊。

我想問祢一件事情。

我到底造了什麼孽？

為何我會遇到這種事情呢？

還有，這是某種H－GAME的劇情嗎？

等等，現在不是想這種事情的時候吧。

我看著地板上的線，接著躺到雙層床的下鋪。那條線是亞莉亞剛才邊喊「敢越過這條線就殺了你！」同時畫下的。

那很明顯是油性簽字筆畫的。

我恨恨地抬頭看對面雙層床的上鋪，有一條馬尾垂在那裡。畜牲。我真想狠狠扯那條馬尾一下。

「……呼呼……桃饅金字塔……」

亞莉亞似乎是熟睡型的人，只見她口中說著陶醉的夢話，甚至還發出滴口水的聲音。啊啊！真叫我不爽。還有那個金字塔是什麼鬼東西。

這是我的房間。我根本沒必要對凶惡的入侵者客氣。

然而，現在亞莉亞卻穿著單薄、像小可愛一樣的粉紅色睡衣（那應該叫晨袍吧），帶著雙槍躺在床上。

雖然我現在很睏，但卻沒辦法像亞莉亞這麼好眠，只能一臉苦悶看著她先進入夢鄉。

這裡原本是四人房，所以有兩張雙層床。想當然耳，亞莉亞選的床位是離我最遠的地方——對面床鋪的上層——不過我總覺得地板上，好像有類似詭雷的導線和對人地雷，這肯定是我的幻覺。就這樣想吧。

話說回來，她真是個麻煩的傢伙。

隨便侵入我的生活圈，甚至還畫地為王，好死不死還要我回強襲科，跟她一起做武偵的工作？

我將來沒有特定的目標。

要做什麼工作都無所謂，就算一事無成也無妨。

但我就是不想當武偵。

只有武偵打死我都不要。

我內心如此思考，同時帶著急躁的心情，進入了夢鄉。

「笨蛋金次！快點起床！」

碰！

一個垂拳突然朝我的肚子落下，接著，

噗喝！

我耐不住疼痛醒過來時，一隻腳朝我的臉上踩來。

接著左右扭轉。亞莉亞穿著黑色大腿襪的腳，正在蹂躪我的臉。

窗外好亮。已經早上了。

「尼砍啥模！（妳幹什麼！）」

「早餐！快點弄早餐給我吃！」

「誰……鳥……妳！」

我用雙手把亞莉亞的腳給推回去。

「我肚子餓啦！」

「餓死妳！白痴！」

「你罵我白痴？區區一個金次！」

什麼叫區區一個金次。

我躲過她揮舞的拳頭，同時前滾翻下床走出寢室。

這房間是怎回事？為何起個床要搞得跟007一樣。

「我肚子餓了！餓了餓了餓了餓了！」

「妳還能叫這麼大聲，沒必要吃早餐啦！」

亞莉亞大鬧，揮舞手腳打了過來。我將它們一一躲開、擋開和架開，同時換好衣服，拿了手機和槍，最後抓起書包。

總覺得這跟之前在強襲科受的格鬥訓練一樣。

亞莉亞「咻」地一記上段旋踢，我蹲下閃過，穿好鞋子起身。

「亞莉亞！」

她還想出拳，我伸手壓住她滑溜的額頭，將手臂打直。

多虧我們身高的差距，這一推讓她的拳頭全數揮空。

很好。我終於抓到一點訣竅，知道該怎麼應付她了。

不過這種狀況還是不要適應比較好。

「幹嘛啦！」

手打不著人的亞莉亞，稍微溫順了下來，抬頭瞪著我。

「我們去學校的時間要錯開。妳先出去。」

「為什麼？」

「這還須要問嗎？妳跟我一起走出去看看啊，要是被別人看到肯定會很麻煩。這裡好歹也是男生宿舍吧。」

「說得好聽，其實你是想逃走吧！」

「我們是同班，妳又坐在我旁邊！我能逃到哪裡去！」

說著說著，我都為自己的不幸感到難過了，但這是不可抹滅的事實。

亞莉亞鼓起臉頰。

「妳嘴巴鼓得跟氣球一樣也沒用。我們分開出去吧。」

「不要！我才不會讓你逃走呢！金次是我的奴隸！」

亞莉亞雙手抓著我的手蹲下，有一種死也不放開的決心。

「放……開……我！喂！」

「喀！」

她居然露出犬齒，咬了我的手一口！

「痛痛痛！」

妳是小母獅嗎！

我把手從亞莉亞的口中拉開，同時看手錶。七點五十四分。

糟糕。會趕不上五十八分的公車。

現在不是幹蠢事的時候。

今天絕對要趕上那班公車。

因為我的腳踏車被炸成灰了。

「妳這個……該死的……瘟神！」

我無計可施，只好拖著地上的亞莉亞走出房間。

同時心想：麻煩的傢伙！麻煩的傢伙！麻煩的傢伙！啊啊，畜牲！可是卻有一種酸甜的香味！

很糟糕。

再這樣下去相當糟糕。

現在我的日常生活，逐漸毀在一個莫名其妙的侵略者——亞莉亞手上。

我現在的目標是「當一個普通人」，為此我必須先恢復平穩的日常生活。

因此，我決定利用第五節課以後的時間，來擬定對付亞莉亞的策略。

武偵高中的第一到第四節課比照普通高中，是一般科目的課程。第五節課以後，學生必須到所選的專業科目去實習。

所以亞莉亞會去強襲科受戰鬥訓練吧。

我要趁那時候到她看不見的地方，慢慢地籌劃抗爭運動。

我打定主意，為了能自然地進出校門，我難得到偵探科接了一個委託。

「欽——一！」

當我走出偵探科的專業大樓，看到**亞莉亞**正在等我時，我不禁軟腿。

真是傻眼……竟然被她先發制人。

「為什麼……妳會在這裡啊！」

「因為你在這邊啊。」

「這不算回答吧。妳想要蹺掉強襲科的課嗎？」

「我的學分已經夠我畢業了！」

呸！

亞莉亞拉下眼瞼，吐舌頭做出鬼臉。我快要昏倒了。

一個女生，而且還是美少女在外頭等你走出校舍。這是全國的高中男生所憧憬的場面吧。但如果那位女生是一個動不動就會拿雙槍威脅你的暴力女，那這場面可說是不成立。

「對了，你平常都接哪種委託啊？」

「跟妳無關吧。是一些適合E級武偵的簡單委託啦。妳快滾回去！」

武偵高中的學生在經過一定期間的訓練後，就能夠接下有報酬的民間委託。如果在街上巧遇事件，那你也可以將它解決。

因此，依據上述的實績和各種測驗的結果，學生會被評等成A～E級。再更上面還有S這個特別等級，在入學考試時我被評等成S級。

唉，那是因為……白雪的關係，害我進入爆發模式所賜。

「你現在是E級嗎？」

「對，因為一年級第三學期的期末考我沒去考。應該說對我而言，等級怎樣都不重要。」

「沒錯，評等的確不是重點。對了，快告訴我你今天接了什麼委託？」

「我沒有義務告訴妳。」

「你想被我開洞嗎？」

亞莉亞有些不耐煩，手放在槍上。

「今天……我要找貓。」

「找貓？」

「我要去青海找走失的貓。報酬是一萬塊。〇・一學分的委託。」

我選的委託是偵探科看板上，最便宜也是最普通的東西。

我以為只要老實告訴亞莉亞，她就會沒興趣再跟過來，但這招似乎沒用。

她「呼」了一聲，走到快步想逃離的我身旁。

「別跟過來！」

「好啦，讓我看一下你的武偵工作。」

「我拒絕！妳不要跟過來！」

「你就這麼討厭我嗎？」

「討厭得要死。別跟過來！」

「你再說一次別跟過來，我就幫你開洞。」

我不想被開洞也沒有力氣回嘴，只好帶著亞莉亞坐單軌電車來到青海。

青海地區過去是倉庫街，經過再開發後，現在儼然是高級住宅區和上流精品店林立的流行街道。

「那個找貓的工作，你要用什麼推理來找？」

「沒什麼。不過是到貓咪可能去的地方徹底走一趟而已。妳如果有什麼好方法就快說吧。妳既然會問我，那妳應該有好方法吧？」

「完全沒有。我不擅長推理，祖先最重要的特徵，我沒有遺傳到。」

亞莉亞一臉無趣地說著，雙眼在美形額頭的下方，上翻看著我。

「對了，我肚子餓了。」

「不是才剛午休完嗎？妳沒吃東西啊？」

「我有吃，可是又餓了。」

這傢伙還真是耗能源啊。

「請我吃飯。」

「妳幹嘛突然扯我後腿……」

這麼說來……

今天為了選一個適當的委託，花了我不少時間，所以我午餐也沒吃。

唉!就當順便吧。再被她開槍我也受不了，就買個麥當勞給她吃吧。

女王想要大麥克套餐，身為奴隸的我買回來後……

只見亞莉亞在高級精品店前，出神看著身材玲瓏有緻的假人。

她交互看著假人身上那件成熟女裝，和自己的身體。

……噗!

看她的視線。原來她夢想穿那種衣服啊。

明明是無法集中拖高的幼兒體型。

「喂!」

「啊!」

亞莉亞回頭，似乎發現我在竊笑。

她滿臉通紅，揮舞雙手。

「不、不是!因為我很苗條!所以想說它怎麼也這麼苗條而已!」

「我什麼都沒說吧。」

吐出這句話後，我走進馬路對面的公園。我隨便找一張長椅，把麥當勞的紙袋放好，亞莉亞一副想要辯解的表情，碰一聲坐到我身邊來。

武偵高中的紅裙飄動，瞬間可以看見裡頭的槍套。車輛科的武藤把這種現象稱做

「露底槍」，而不是露底褲。那傢伙真的是個白痴。

要把手槍藏在裙下，緊急時又必須能快速掏槍，所以武偵高中的女生裙子幾乎都很短。亞莉亞的裙子也不例外，非常地短。

然而我一點都不高興，因為這傢伙的身材就跟小學生一樣。

「啊立嗄（亞莉亞），在這座公園找貓的時候，我們走路分開一點比較好。」

「委啥模（為什麼）？」

我倆嘴巴咬著肥滋滋的漢堡，同時在對話。

「妳看旁邊就知道了吧。」

我把喝到一半的大杯可樂放在長椅上，用眼神示意周遭。

這公園平常總是聚集了許多年輕的情侶。

這邊臨海，又新又漂亮，所以成了著名的約會景點。

最初的調查地點會選擇此處，主要是因為這裡是青海唯一的公園，貓咪有可能會在這裡，同時我也盤算亞莉亞看到眼前的景象，會走得離我遠一些。

我的盤算似乎多少正確，

「啊……」

對面長椅上，一對貌似大學生的情侶檔有如黏皮糖般黏在一起。亞莉亞看到這一幕，嘴巴含著薯條像在叼香菸，瞬間僵住。

她看我，再看看對面的情侶，然後再次看我，接著一臉慌張，面紅耳赤。因為這傢伙有紅臉症候群。

「……嗚。嗚！」

一對情侶挽著手從我們面前走過，亞莉亞急忙雙手抱胸。看她就算死也不想跟我牽手。

「妳看。妳趕快回去吧，亞莉亞。如果我們兩個走在這種地方，肯定會有人說金次跟亞莉亞在交往。我不想太顯眼。而且妳也不希望自己喜歡的男生誤會吧？」

「我、我沒有喜歡的男生！」

亞莉亞睜大紅寶石般圓溜的眼睛，用娃娃聲大喊。

「我、我、我沒有！我才不會談、談戀愛，那種事情只會浪費時間，我根本不在乎！我真的、真的不在乎！」

……妳的反應不用這麼激烈吧。又不是幼稚園小鬼。

看來，她是屬於對戀愛相關話題沒有抵抗力的那一型。

我發現她其中一個弱點了。

「可是妳不希望被朋友誤會吧？」

「我……沒有朋友，也不需要。他們要說就讓他們去說吧。別人愛怎麼說我都無所謂。」

漱漱漱！

亞莉亞似乎想掩飾害羞，咬著可樂的吸管用力一吸。

「別人怎麼想都無所謂，這點我也贊成啦。不過我想告訴妳一件事。」

「什麼？嗝！」

「那杯是我的可樂。」

噗嘩！

幾秒前通過亞莉亞食道的可樂噴了出來。

髒死了！這不是一個花樣年華的女高中生該有的行為。

我盯著她看，亞莉亞滿臉通紅，

「你這個變態！」

突然一拳把我從長椅上打飛。

喂！這一拳怎麼看都沒道理吧。

傍晚。我總算找到小貓。

牠在公園邊，一條不知是水溝還是運河的水路旁。

虛弱鳴叫的小貓，特徵跟委託資料一樣，身上也有照片上的小鈴鐺。肯定是這隻貓沒錯。

「很好，你乖乖不要動喔。」

貓咪棲身在垃圾箱裡，在運河上載浮載沉，看到我接近就擠出最後一絲力量，發出威嚇般的聲音。乖！乖！我不是敵人。我是來救你的。

我把手伸進紙屑和空罐中摸索，把貓毛倒豎的小貓抓了出來。

「好乖、好乖！太好了，你可以暫時放心了。」

……我臉上露出久違的笑容，可能太過僵硬了吧。

小貓和我看對眼，突然一聲驚呼，開始掙扎想逃跑。

「喂、喂！嗚！」

嘩啦！

我抱著貓，整個人翻進運河的淺灘當中。

為了預防萬一，我事先把手機和槍放在岸上，這似乎是不幸中的大幸。

「……好奇怪？」

我看到坐在防波塊上俯視我的亞莉亞嘆了口氣。

找尋迷路小貓獲得〇・一學分的隔天。

「理子！」

跟郵件約好的一樣，理子在女生宿舍前的溫室等我。溫室也就是一種大型的塑膠屋，平常幾乎沒人會到這裡，因此這裡最適合談論秘密。

「欽欽！」

理子在玫瑰園的深處，轉身揮手。

這傢伙跟亞莉亞一樣，都是小不點型的美少女。雙眼皮下的眼睛熠熠生輝，左右微捲的兩撮頭髮。若再加上背上的輕飄長髮，隨時可以綁成雙馬尾。

「妳還是一樣穿改造制服啊。這白色輕飄飄的東西是什麼。」

「這是白蘿莉塔風的武偵高中女生制服！欽欽，蘿莉塔的種類你好歹也記一下吧。」

「我拒絕。真是的，妳到底有幾件制服啊？」

理子聽到我這麼問，開始屈指計算改造制服的種類。我低頭看她，一邊從書包裡拿出一個用紙袋密封的遊戲盒。

「理子妳看著我。聽好！我們在這邊說的事情，妳要對亞莉亞保密喔。」

「嗯！收到！」

理子立正站好，用雙手擺出敬禮（？）的動作。

苦著一張臉的我將紙袋拿給理子，她馬上動手撕開紙袋。「呼、呼、呼！」她呼吸急促。就像野獸一樣。

「嗚哇哇！『白黑！』、『白詰草物語』還有『妹蘿』！」

理子手足舞蹈的這些東西，是十五禁——也就是要滿十五歲才能買的美少女遊戲。

看服裝就可以知道，理子是個宅女。

然而她跟坊間一般的宅女不同，這傢伙的興趣相當奇特，明明是女生卻熱愛美少女遊戲。其中，如果女主角穿的衣服跟她一樣蓬鬆有褶邊，她就會特別注意。

理子當然也滿十五歲，可以買這類型的遊戲。但前幾天，學園島上一家兼賣遊戲的影片出租店，卻不願意把十五禁的遊戲賣給她，讓理子因此抱怨不已。打工的大姐姐看到理子的身高，似乎以為她是中學生。所以我才幫她買了回來。

買這種東西真的讓我害羞得要死，而且還會招致店員小姐不必要的誤會，但這也是為了對付亞莉亞。

亞莉亞為什麼要我當她的奴隸？

為了要趕走她，這是第一個需要解開的謎題。

如果有什麼確切的理由，那我必須第一時間將它給清除掉。

因此，既然亞莉亞不肯告訴我，那我只好從多方面著手調查她，來推理出原因和對策。武偵之間的戰鬥，首先是情報戰。

「啊……這個和這個我不要。理子不喜歡這種遊戲。」

咦？這些封面應該都是理子喜歡的東西才對啊。

理子嘟起臉來，把『妹蘿』的續篇2代跟3代還給我。

「為什麼？這些跟其他東西一樣吧。」

「不是。後面有2跟3是一種蔑稱。對作品來說是一種汙辱。我討厭這種稱呼方式。」

……居然鬧這種莫名其妙的彆扭。

「嗯……總之，續篇以外的遊戲都給妳。相對地妳要照我之前委託的，把針對亞莉亞所做的調查內容全都告訴我。」

「好！」

理子是個笨蛋。不折不扣的笨蛋。然而這個笨蛋，卻有一個自己專屬的強項。理子是個網路中毒患者，同時還對偷窺、竊聽偷拍、駭客等事情感興趣，這些都和武偵這個職業很契合，也因此讓她有超乎常人的情報收集能力。簡單來說就是現代的情報「怪盜」。托這項技能的福，她的武偵評等是A。

「好，那就快點說吧。我是假裝要上廁所，從廁所小窗戶用腰帶上的繩索偷跑出來的。被亞莉亞發現來跑抓我只是時間的問題。」

我環顧四周，接著坐在柵欄上。柵欄的高度剛好可以讓我腳觸地。

理子不知為何把遊戲收進衣服裡，輕輕跳起坐到我身旁。她的雙腳似乎無法觸地，膝蓋以下掛在半空中。

「嘿！欽欽被亞莉亞騎在頭上嗎？她是你女朋友，個人資料這種東西你自己問她不就好了。」

「她不是我女朋友！」

「咦？大家都在說你們兩個有一腿喔？聽說，你有天早上還跟亞莉亞勾著手走出宿舍，亞莉亞粉絲俱樂部的男生還說『我要宰了金次』！吼！」

「別把手指放在頭上當牛角好嗎。」

勾著手……？是那天早上的事情嗎？

那是因為亞莉亞抓著我不放，我只是拖著她走而已。

「吶！你們進展到什麼地步了？」

「什麼地步？」

「就是色色的事情。」

「白痴！誰會跟她做啊！」

「你騙人！你們是健全的年輕男女耶！」

理子笑容滿面，用手肘頂我著側腹。

「……妳被每次都愛把話題扯到那種事情上面。這習慣不好喔。」

「嘖！」

「快點進入主題吧。亞莉亞的情報……對了，先告訴我她在強襲科的評價吧。」

「好──嗯……首先是評等，她是S級。二年級就達到S級的人，用一隻手數搞不好都還有剩。」

理子的話我並不訝異。

在腳踏車遇劫時，亞莉亞的身手。

那不管怎麼想都已經超越常人的水準。

「她雖然比理子還嬌小，不過徒手格鬥也很厲害。招式從拳擊到關節技，還有什麼都的……那個，vale、vale……valetu……」

「vale tudo（自由搏擊）嗎？」

「對對！就是那個。那個她也會。英國把這個簡稱為valetu。」

我回想起在體育倉庫被亞莉亞摔出去的那一幕。

那招的確很厲害。當時身處爆發模式的我，也只能勉強使出受身倒法。

「刀和手槍方面，她已經是天才的領域了。兩者都是二刀流。她是左右開弓型的人。」

「這我知道。」

「那你知道她的外號嗎？」

外號——擁有豐富實績、身手非凡的武偵，自然會擁有外號。

亞莉亞才十六歲，正值弱冠之年就已經有外號了嗎？

看到我一臉疑惑，理子臉上浮出意有所指的笑容。

「雙劍雙槍的亞莉亞。」

雙劍雙槍（Quadrupler）。

在武偵用語中，把使用雙槍或二刀流的人稱為「雙武者（Dupler）」

這是來自於英文的「兩倍（Duple）」，以此類推，擁有四把武器的人稱為「四武者（Quadrupler）」。雙刀雙劍的外號就是這樣來的吧。

「真好笑！居然叫雙劍雙槍。」

「我搞不懂哪裡好笑……算了，沒差。另外……對了，我想知道亞莉亞在武偵活動上的表現。那傢伙有什麼實績？」

「啊！關於這點我有一個很棒的情報。她現在的活動好像暫時停止，不過她從十四歲開始，就在倫敦武偵局從事武偵工作，同時在歐洲各地活動……」

理子的聲音變得有些嚴肅，用大眼抬頭看著我。

「……那段期間，她從來沒讓罪犯逃走過。」

「從來……沒有？」

「她盯上的目標全數都被她逮捕。連續九十九次，而且每次強襲都是一次成功。」

「什……什麼……」

難以置信。

逮捕罪犯的工作要是落在武偵頭上，通常代表對象是警方無法對付的人物。武偵會不停追擊對象（武偵用語中這叫強襲），直到逮捕他為止。而她居然連續九十九次都一次逮捕……

……盯上我的人原來是這種怪物。

一想到這點我心情就開始消沉，因此我決定轉變話題。

「啊——其他還有什麼？對了，像體質之類的。」

「嗯——這個嘛。亞莉亞的父親是日英混血。」

「也就是說她有四分之一的外國血統嗎。」

難怪她頭髮和眼睛都是紅色，水靈的雙眼皮大眼也有別於日本人。

話說回來，「神崎・H・亞莉亞」也是外國人的名字。

「對。她英國家族的中間名是『H』。在英國是非常有名的一族。聽說她祖母還有Dame的稱號。」

「Dame？」

「就是英國皇室授與的稱號。授動的男性是Sir，女性則是Dame。」

「喂喂！這麼說來那傢伙是貴族囉？」

「沒錯。貨真價實的貴族。不過，亞莉亞似乎和『H』家的人處得不好。所以她不想說出自己家族的名字。不過理子知道。那一族啊，有一點……」

「快告訴我，我有給妳遊戲吧。」

「理子最討厭別人仗著父母的權勢。哎呀，你到英國的網站上找，應該也會猜到吧？」

「我英文很差啊。」

「加油吧！」

理子用小手想要拍我的背，不過卻揮空。

一掌拍到我的手腕。

「喔？」

啪啦！

我的手錶被拍落，掉在腳邊。

……我撿起來一看，金屬錶帶的三折錶釦掉落了。

「嗚啊！對、對不起！」

「沒關係，這只是便宜貨。我在台場花一千九百八買的。」

「不行！請讓我幫你修好！要是弄壞委託人的東西，可會影響到理子的信用！」

理子搶走我的手錶，拉開水手服的衣領把它放進雙峰裡。

喂、喂！我挪開視線。

剛、剛才那一幕。好雄偉啊。

「金次？還有什麼要問的嗎？」

「……啊！那個，這樣就可以了！」

我不想在女生面前進入爆發模式，而且要是被理子發現我看到她的胸部那也很麻煩。我慌忙說完後，快步離開溫室。

金色的嗎。世界上的胸罩顏色還真是五花八門啊。

我回到公寓後，窗外的「學園島」被夕陽染成了金黃色。

這座人工浮島上，除了武偵高中和宿舍外，還有以學生為對象的商店。這座島原本是東京灣岸再開發計畫的一環，最後計畫失敗，島嶼也被賤價出售。

證據就是北方不遠的地方，還有一塊同樣形狀的人工浮島——兩座島中間隔著彩虹橋——現在還是一片空地，所以有**「空地島」**這個別名。

在那空曠的人工浮島南端，孤零零站在那裡的風力發電機，正悠閒地轉動著。嗯。好悠閒啊。這種光景我並不討厭。

『太平洋上形成的颱風1號，目前威力不減，正由沖繩上空北上。』

液晶電視正在播放新聞，反而讓這房間更加顯得平靜愉快。

啊！這房間真棒。

要是沒有女生在這裡的話。

「慢死了！」

亞莉亞手拿著鏡子坐在沙發上，探頭瞪了我一眼。

她剛才似乎在找分岔的頭髮來打發時間。

最後亞莉亞撥起瀏海露出額頭，用銀色的髮夾固定好。

那髮夾的造型有些幼稚，但卻很適合她嬌小可愛的外表。

她本人大概也知道，滑溜的額頭是自己的魅力所在。

「妳怎麼進來的？」

我自己也知道這是個蠢問題，但為了表示抗議，我還是姑且一問。

「我可是武偵耶！」

看吧，我就知道很蠢。

她大概是偽造了這裡的鑰匙卡吧。開鎖對武偵來說是基礎中的基礎。

「還是你想要一位淑女站在玄關前，呆呆等你回來？真是不可原諒。」

「會惱羞成怒的傢伙沒資格當淑女，擴頭。」

「擴頭？」

「就是高額頭的意思。」

「你居然不懂我額頭的魅力所在！你真的沒資格當人類呢。」

亞莉亞誇張說完，「呸」地吐出舌頭。

對。我懂。我真的懂。妳的確很可愛。

光　看　外　表　的　話。

「這額頭是我的賣點。在義大利的時候，我還曾經上過女性的髮型目錄雜誌呢。」

亞莉亞轉過身，又用鏡子看自己的額頭，一臉愉悅地說。

哼～哼～♪

還開始用鼻子哼歌。

為了強調我的不爽，我把書包丟到亞莉亞身邊。但亞莉亞已經習慣了，依舊高興地看著鏡中的自己，絲毫不在意。

「不愧是貴族大人，很注意自己的儀容嘛。」

我走進洗手間，背對她有點語帶諷刺地說道。

亞莉亞聽到後，

「……你調查過我的事情了？」

有些愉快地走了過來。

「對。聽說妳到目前為止都沒讓罪犯逃走過。」

「嘿！你連那些都調查了啊。越來越像武偵囉。不過——」

說到這，亞莉亞背靠牆，舉起單腳輕踢。

「前陣子我讓一個人逃掉了。那是我生平頭一遭。」

「喔？原來也有這麼厲害的傢伙啊。妳讓誰逃走了？」

原來理子的情報也會有出錯的地方啊。

我用杯子裝水，開始漱口。

「就是你。」

噗！

我口中的水猛噴了出來。

我？啊，是腳踏車遇劫之後發生的事嗎！

「我、我可不是罪犯！為什麼我會被算在裡面！」

「你對我強制猥褻了吧！你的舉止跟禽獸沒兩樣，還想裝傻嗎！你這隻蛆！」

從奴隸降格成禽獸，然後又變成蛆嗎？我的評價真不知道跌落到什麼地步。

「都跟妳說那是不可抗拒的！而且我還沒到強制猥褻的地步吧！」

「囉嗦、囉嗦！反正！」

亞莉亞滿臉通紅，用手指著我。

「如果是你，搞不好可以成為我的奴隸！因為你有能力從我手中逃走。回強襲科來，再讓我看一次你的實力！」

「那是……那個時候我只是碰巧逃掉而已。我才E級，是一個毫無可取之處的男生，真是可惜。妳可以離開了嗎？」

「你騙人！你入學考試的成績是S級！」

嗚！

來這招嗎。

果然武偵是情報戰。只要她咬住這點，我就很難擺脫了。

「也就是說那不是偶然！我的直覺不會錯！」

「反、反正……我『現在』沒辦法！妳快出去！」

「『現在』？意思就是說需要什麼條件囉？你儘管說。**我會幫你的。**」

聽到她這麼說，我滿臉通紅。

妳說要幫我？

亞莉亞不知道我進入爆發模式的契機為何，所以才說得這麼輕鬆，但這番話卻對我充滿了爆炸性。

簡單來說，那表示她要「讓我性亢奮」！

「快告訴我！告訴我那個方法！就當作是給奴隸的伙食，我來幫你吧！」

「……！」

——終於。

我腦中閃過亞莉亞「幫我」的各種光景。

現在回頭想想，我跟亞莉亞孤男寡女共處一室。

夕陽不知何時早已西沉，沒有開燈的室內顯得有些昏暗。

搞什麼。快停止。不要再去想了。

「**我什麼都願意幫你**！告訴我……快告訴我，金次！」

亞莉亞朝我逼近，接著一股撲鼻香。

那股像梔子花的女性香味，又鑽進了我的鼻腔。

我──

「嗚……」

情況相當不妙。

我做了一些多餘的想像，讓我快要進入爆發模式。

這算是一種放電吧。

亞莉亞圓滾的紅紫色眼眸，美麗又可愛。

又是那股感覺……一股炙熱、沸騰難耐的血液，襲擊到我身體的中心。

我不要！

我不想進入。

我不想進入那種模式！

「！」

碰！

我下意識把亞莉亞推開。

「呀！」亞莉亞發出娃娃聲的悲鳴，跌坐在沙發上。

裙子在空中大幅飄起，我在千鈞一髮之際挪開視線。

事到如今，我不得已……

只好向亞莉亞投降了。

「……只有一次。」

「只有一次？」

但我不是無條件投降。

是有條件的。

「我可以回強襲科。但我只跟妳共事一次。回去之後的第一起事件，我陪妳一起解決。不過只有一次，這是我的條件。」

「……」

「所以我不轉科。我會用選修的方式，參加強襲科的課程。這樣可以吧？」

我朝亞莉亞轉過身時，她已經弄好裙子，同時用美美的額頭對著我，似乎在思考。

在武偵高中裡，學生可以自由選修非本科的專業科目。

選修不會增加學分，但為了從事要求多樣技巧的「武偵」行業，學生們反而相當流動，願意多方面去涉獵。

優秀的武偵亞莉亞，她強烈需要奴隸，也就是棋子。

接著她遇到爆發模式下的我，失手沒能將我逮捕，因而就盯上了我。

她可能認為：這傢伙或許可以成為有用的奴隸。

到這為止我束手無策。如果用撲克牌來形容，這些就像是已經被亞莉亞抽走的牌。

不過，我有牌還蓋著。

就是爆發模式。

只要在這點穿幫前，讓亞莉亞知道我在普通模式下有多麼平凡即可。

這樣一來，亞莉亞就會對一無是處的我感到失望，然後遠離我而去吧。

「……好吧。那我就離開這個房間吧。」

我的讓步方案，終於讓瘟神答應離開了。

「我也沒時間了。就用一個事件來弄清楚你的實力吧。」

「……不管是什麼小事件，都算一件喔。」

「好。那相對地，不管多大的事件也都算一件。」

「我知道了。」

「不過要是你敢放水，我會在你身上開洞喔！」

「好，我答應妳。我會全力以赴。」

用通常模式下的全力，嘿。

3彈 強襲科

我又回到這裡了。

強襲科——通稱「沒有明天科」。

此學科畢業時的生存率為97・1%

換句話說，每一百人裡面大約會有三個人，無法活著從這裡畢業。因為他們會在任務中或訓練時死亡。真的。

這就是強襲科，武偵這行的暗部。

專用設施中，槍聲和刀劍碰撞聲不絕於耳，今天我光是處理訓練以外的事情——裝備檢整和選修申請——就耗費掉大部分的時間。

雖然只是解決一起事件，但至少要練一下槍法，我原本如此打算……但似乎沒辦法。因為總是小隊行動的強襲科，學生們也自然變得平易近人——

「喔——金次！我就知道你一定會回來！來吧，快點早一秒去死吧！」

「你還沒死啊，夏海。你才快點比我早零點一秒去死呢。」

「金次！你終於回來受死啦！像你這種笨蛋很快就可以死啦！因為武偵都是從笨蛋開始死的嘛。」

「那你怎麼還活著啊，三上。」

入境隨俗。

這裡的打招呼方式就是把「死」字掛在嘴上。人夥看到我回來很高興，一個個死了過來，我也一個個死回去，光這樣就花了我不少時間。

應付完這些渾身火藥味的傢伙後，我走出強襲科。

在晚霞中，有一個小不點靠在門上等我。

不用說，她是亞莉亞。

亞莉亞看到我的身影，「啪搭啪搭」地小跑步靠了過來。

接著我一臉不悅地移動腳步，她也跟著走到我身旁。

「……你還挺受歡迎呢，真令人驚訝。」

「我不想受那些傢伙的歡迎。」

這是真心話。

「你沒什麼朋友，感覺又有點陰沉。不過在這邊大家都對你……該怎麼說呢，應該說很敬重你吧。」

……那是因為他們還記得入學考試的事情。

記得爆發模式下的我。

我們報考強襲科的考生，所接受的測驗內容為實戰形式。考生必須分散在一棟十四層樓高的廢棄大樓，武裝自己，同時虜獲其他考生。

然後，我快速打倒所有考生，或是用陷阱捕捉對方——包含臨時潛入大樓的**五名教官**。

……畜生。

我想起不願想起的回憶。

亞莉亞似乎發現我更加不悅，走在我身旁，視線稍微俯視。

「那個啊，金次。」

「幹嘛！」

「謝謝。」

「事到如今說這幹什麼。」

我不耐煩地回答。亞莉亞聲音雖小，但卻打從心底高興。

妳當然高興。

因為妳得到一個可以為自己而戰的「奴隸」啦。

「妳不要誤會。我是『不得已』才會回到強襲科的。解決一起事件後，我馬上就會回偵探科。」

「我知道啊。可是，」

「怎樣？」

「金次走在強襲科，被大家圍繞的時候感覺好帥。」

「……」

為什麼會說這些。

或許說者無意，但被一個女生——而且還是（只有）外表可愛的女生這麼說，頓時讓我無言以對。

「我在強襲科都沒人會接近我。我和大家的實力差距太大，所以沒有人可以跟我配合……哎呀，我是『Aria（亞莉亞）』所以沒關係啦。」

「Aria？」

她唸自己名字時發音和平常不同，令我感到奇怪。

「在歌劇裡面，Aria也有『獨唱曲』的意思。就是一個人唱歌的部分。孤獨一人，我不管在哪間武偵高中都是這樣。在倫敦和羅馬都一樣。」

「那妳在這裡要我當妳的奴隸，是想要變成『二重唱（Duet）』嗎？」

我沒正眼看亞莉亞，說完她竊笑。

斜眼一看，她似乎笑得很開心。

「你也會開玩笑嘛！」

「這一點都不好笑。」

「很好笑啊？」

「我不懂妳的笑點在哪。」

「果然金次一回到強襲科，就稍微變得有精神些了。昨天之前的你，感覺好像在騙自己一樣，看起來似乎有些痛苦。現在的你比較有魅力。」

「沒……沒那種事。」

亞莉亞又說了會令人害臊的話。

我不想聆聽她的話語。

因為我總覺得被她說中事實了。

「我要去電玩中心。妳自己先回去吧。不對，妳今天開始應該要回女生宿舍吧。我們根本沒必要一起回家。」

「到公車站牌還順路吧。」

亞莉亞吐舌，笑著說。

她還是老樣子愛貧嘴，不過她似乎真的很高興可以把我拉回強襲科。看她的表情就知道了，這傢伙真好懂。偵探科完全不適合她。

「欸，『電玩中心』是什麼啊？」

「就是打電動的地方。妳連這種事情都不知道嗎？」

「我也不願意啊，誰叫我是歸國子女。嗯——那我也要去。今天我就破例陪你一起玩吧。當作獎賞。」

「不需要。那是懲罰，不是獎賞吧。」

我稍微加快腳步，想要遠離亞莉亞。

亞莉亞露出嘿嘿笑著，用同樣的速度走到我旁邊來。

我感到不悅，更加邁開腳步加速。

亞莉亞也擺動裙子跟了過來。

「別跟過來！我現在不想看到妳的臉！」

「我也不想看到你的蠢樣！」

「那妳更不應該跟過來！」

「不要！」

啪噠！啪噠！啪噠！

最後我們並肩奔跑到電玩中心。

這傢伙怎麼回事，腳步出奇地快。

「呼——呼——呼——這是什麼？」

亞莉亞站在我身旁，雙馬尾幾乎要貼近我，同時開口問。

那雙紅色的眼睛，正在凝視店門口的取物遊戲機。

「呼——呼。那個喔，那是夾娃娃機啊。」

「夾娃娃機？這名字感覺好幼稚喔。算了，反正是你要來的地方，這些遊戲肯定很無聊。」

亞莉亞一副輕視的表情，看著夾娃娃機的內部。

玻璃箱裡，放滿了有一款不知是獅子還是豹的動物小玩偶。

「……啊……！」

亞莉亞把身體貼在玻璃箱上。

嬌小的體型和娃娃的背景搭配起來，她就像真的小學生一樣。

她這種身材跑來電玩中心，會不會被警察抓去輔導啊？

「怎麼？有這麼稀奇嗎？」

「……」

「到底怎麼了？」

「…………」

「妳肚子餓了嗎？」

「…………好可愛……」

啥？

亞莉亞低聲說出不像她會說的話，讓我有點腳軟。

箱子裡面的娃娃的確很可愛，但這不是實力媲美鬼神、見敵必殺的武偵——「雙劍雙槍的亞莉亞」大人該說的話吧。

喂！這跟妳的性格差太多了吧，我走到她身旁，正想如此吐嘈時，看到她嘴邊變成倒三角形，口水都快滴下來了。這表情真糟糕。可不能對大眾公開啊。

「妳要夾看看嗎？」

「我不知道玩法。」

「這種東西幼稚園小鬼都會。」

「馬上就可以學會嗎？」

「對，我教妳怎麼玩吧。」

我說完，亞莉亞轉向我，點頭如搗蒜。

這個亞莉亞是怎回事？狀況不大對勁喔。

玩法也沒什麼好說明的，我告訴她要照順序按上鍵和右鍵後，亞莉亞馬上從撲克牌花紋的蛙嘴錢包裡掏出一百元。

接著在機台前端正姿勢，好像在上狙擊課一樣認真，開始操縱吊臂。

但可惜瞄準不佳。亞莉亞的吊臂只稍微抓到玩偶的前腳，完全沒有夾起它。

「這……這只是練習。我現在知道怎麼玩了。」

「這種東西只要玩一次就算白癡都會吧。」

「我要再夾一次。」

亞莉亞又從蛙嘴錢包拿出一百元，拍下兩個按鈕。

可惜又揮棒落空。

玩偶這次只有屁股和尾巴稍微被夾起而已。這傢伙真的很遜。

「順便告訴妳，妳投五百元可以夾六次。」

「吵死了！下次我一定會夾到！我知道訣竅了！」

不知道的人才會說這種話吧。

這次又沒夾中。

不出所料，吊臂只是掠過玩偶而已。

「哼！」

「別把它砸了，亞莉亞。」

「我這次真的知道了！我要認真了！」

又接連兩次落空。

接著她到兌幣機把一千元換成零錢，又再度捐獻給機器。

「這次我真的要認真了！認真認真認真！」

這傢伙完全不行，要快點想辦法才行。

她的內在就跟外表一樣，像極了小學生。

而且肯定是一沉迷賭博就會敗光家產的那一型。

「妳讓開。」

亞莉亞浪費了三千元後，我終於看不下去，沒辦法只好掏出錢包來。

自尊心強烈的貴族大人淚眼汪汪，不肯放開按鈕，但我還是把她推開。

我看看。

嗯。

就選洞口附近的這隻吧。

這迷樣的貓科動物在很深的地方，看起來似乎很難夾。箱子裡面的玩偶都一樣，我夾中哪隻她都不會有怨言吧。

吊臂漂亮抓住一隻玩偶的身體。

「……！」

我聽到亞莉亞吞口水的聲音。

「喔？」

仔細一看，有個標籤纏在這隻玩偶的尾巴上。

吊臂夾起後，目標物的尾巴下又掛著另一隻。

「金次你看！你釣到兩隻了！」

不用妳說我也看得到。

還有，妳用「釣」這個動詞有點奇怪喔。

「金次，要是你敢放開，我可不會輕易饒過你。」

「它要放開我也沒辦法吧。」

「啊……啊！掉進去，掉進去，進啊！」

雖然沒有亞莉亞這麼超過，但我也稍微有些緊張。

一隻是肯定抓得到，但另一隻……又如何呢？

會抓到嗎？會抓到嗎？

吊臂……

打開了！

一隻掉進洞口。在它尾巴的拉引下，另一隻也跟著入洞。

「抓到了！」

「帥氣！」

這真的很讓人高興。

下意識地——

真的是下意識地。

啪！

我和亞莉亞滿臉欣喜，互相擊掌。

「啊！」

我倆驚訝出聲，瞪大眼互看。

接著我們慌張轉過身，背對背。

可惡。

我氣我自己。

為何我會跟這傢伙同鼻孔出氣？

「唉、哎呀！以笨蛋金次來說這算不錯啦！」

亞莉亞將雙手猛伸進取物口內，把兩隻玩偶抓了出來。

我稍微看了一下，標籤上面寫著「Leopon（豹獅）」的字樣。這什麼鬼東西。（註7）

「好可愛呀！」

亞莉亞緊抓住 Leopon 玩偶，將它抱在懷中。Leopon 都快爆裂開了。

這樣子實在太像「普通」的女生……

所以我突然有一種奇妙的感覺。

亞莉亞其實，該不會，難道——

只是普通的女孩呢？

我想起亞莉亞剛才對我說的那些話，其實自欺欺人的人應該是她吧。

或許平常的她總是在欺騙自己，想要逞強。

是什麼東西扭曲了真正的她呢？

7　豹獅（Leopon），公豹和母獅交配所產下的動物，頭部像獅子，體型像豹，沒有生殖能力。

「金次！」

我不經心一看，亞莉亞把其中一隻玩偶拿到我面前。

「給你一隻。這是你的功勞，給你一隻當獎勵。」

亞莉亞有些上翹的眼梢，微笑瞇起，這讓我有些驚訝。

這傢伙也會有這種表情嗎？

該死。

太可愛了。

「嗯，好。」

我收下一隻 Leopon，這時才注意到原來這東西是手機吊飾。

對了，我的手機還沒有吊飾。

把它掛上去吧。

我拿出手機，把玩偶的線塞進手機的洞裡。

亞莉亞看到後，也拿出珍珠粉紅色的手機開始有樣學樣，手忙腳亂地想把 Leopon 穿進洞裡。剛好這傢伙也沒有吊飾。

Leopon 屁股上延伸出來的線要粗不粗，不太容易塞進手機的洞裡。

這玩偶的設計者怎麼把線放在這種地方啊。

「誰先裝進去就贏了，金次。」

「啥，妳小鬼嗎妳。」

「成功了，我快穿進去了。」

「我也……要穿進去了，我才不會輸給妳勒。」

話說回來，有女生送我東西好像是頭一遭。

白雪也是常送我一些大大小小的東西，不過我跟她是青梅竹馬，所以應該不算吧。

我倆在站在原地，一邊比賽穿洞，同時口中不停發出怪聲。

我們的格局還真小啊。

食客回去後，我的房間又回歸平穩。

早上，在單獨一人的和平寢室內，我被鬧鐘吵醒。

我想拿手機，卻抓到了Leopon。

「……」

我稍微看了一下Leopon後，拖拖拉拉地開始準備上學。

我吃了昨天剩下的超商便當，看了昨天理子還我的手錶一眼，

「嗯？」

還有一點時間。

我還以為自己已經拖夠久了。

那再喝杯茶吧。

好奇怪。

我明明比平常還早出門。

到公車站時，天空開始下起大雨，7點58分的公車早就已經到站，學生們正你推我擠地坐上公車。

這班公車到一般校區時，剛好趕得上第一節課，所以這班車總是很擁擠。

一不小心搞不好會客滿。

「太好了！我上車了！太好了、太好了！喔！金次早啊。」

我跑到公車旁，車輛科的武藤站在車門的樓梯處，正在歡呼。

公車裡早就擠滿了學生。

慘了。

今天下雨的關係，平常騎腳踏車上學的人也跑來搭公車了。

「喂！讓我上車，武藤！」

「我也想但是沒辦法！客滿了！你騎腳踏車吧。」

我比手勢要武藤再往裡面擠，但他要讓自己不被擠出來，就已經很不容易了。

「我的腳踏車爛啦。我沒坐上這班車肯定會遲到！」

「真的沒辦法！金次，男人最重要的就是決心吧？你第一節蹺課吧！所以我們第二節課再見啦！」

第二節課再見吧……見你個大頭啦！

薄情的武藤說完後，公車無情地關上門。

車內傳來的聊天聲和笑聲實在很可恨。

該死！要我在這大雨中走路上學嗎。而且還肯定遲到。

我走在下著大雨的街道上。

看著視線前方，學園島的筆直道路。

開發人工浮島的目的之一，是要建設造價便宜的機場跑道。

難怪這間學校的地形這麼奇怪，細長得有點多餘。

光這樣就讓我很不愉快，再加上今天這場雨，更讓我不爽指數達到一〇〇〇%

就照武藤說的，第一節課蹺掉吧。

不行不行。第一節課是一般校區的國文課。我早晚會轉學到普通高中，一般科目必須要跟上進度才行。我不想蹺課啊。

我穿過強襲科的黑色體育館，腦中正在思考時……手機響了。

「——喂！」

我抓住Leopon的吊飾，拉出手機

『金次！你現在在哪？』

是亞莉亞。

怎麼回事。現在8點20分。已經開始上課了她怎麼會打電話來。

「嗯——我在強襲科的旁邊。」

『那剛好。你在那邊穿上C裝備，然後來女生宿舍的頂樓。馬上！』

「幹嘛啊？強襲科的課第五節才開始吧。」

聽到我的抱怨，亞莉亞大吼說：

『不是上課，是事件！我要你馬上過來，你就馬上過來！』

我不悅地看著自己的裝扮。

TNK製的防彈背心。附有強化塑膠面罩的頭盔。無線耳機（武偵高中的校章內附無線電），加上露指手套。身上幾條緊束到肉裡的皮帶上，放有手槍的槍套和四個備用彈夾。

這身像SAT（註8）或SWAT的C裝備，是武偵出擊時穿的攻擊服裝。強襲科

8　SAT：日本特殊攻擊部隊（Special Assault Team）的縮寫，專門應對劫機、恐怖攻擊、強大火力犯罪和攻堅。

介入的事件通常都很危險，一有行動常會被指示穿上這身裝備，不過——

事件？

怎麼回事？

出了什麼狀況嗎？

希望是芝麻綠豆大的小事。

我一邊祈禱，同時來到屋頂。

在那裡，亞莉亞跟我一樣穿著C裝備，站在斗大的雨滴下。

亞莉亞露出惡鬼般的表情，不知在對無線電大吼什麼。

「……？」

我偶然發現，狙擊科的蕾姬坐在樓梯口的屋簷下，雙手環抱膝蓋。

亞莉亞這傢伙。明明是轉學生，卻很會挑棋子嘛。

蕾姬在入學考試時，跟我一樣被評等為S級。現在她也維持同級，是狙擊科的天才少女。

她體型纖細，比亞莉亞高大約半個頭。技術了得，還是短髮美少女，不過她總是像機器人一樣面無表情，所以不怎麼顯眼。

附帶一提，這傢伙的姓氏無人知曉。似乎連本人自己也不知道。

「蕾姬！」

她像裝飾品一樣動也不動，我出聲叫她卻沒有回應。

這也難怪，因為蕾姬頭上戴著耳機，不知道在聽什麼。

我去年在強襲科，跟她共事過好幾次，她這壞習慣似乎還沒改過來。

我用手指輕敲她的頭，蕾姬終於把耳機拿下，抬頭看我。她的五官還是一樣整齊，甚至讓人懷疑是不是用CG畫出來的。

「妳也是被亞莉亞叫來的嗎？」

「對。」

蕾姬的聲音沒有抑揚頓挫。

「對了，那個耳機。妳好像常常都在聽音樂。」

「這不是音樂。」

「那是什麼？」

「是風的聲音。」

蕾姬呢喃，將狙擊槍——名為德拉古諾夫（SVD）的輕型半自動狙擊步槍——重新靠在肩膀上。自然的動作，就好像在靠網球拍一樣。

「時間到了。」

結束通信後，亞莉亞轉身面對我們。

「原本還想再找一個S級的人，不過對方出去處理其他的事件了。」

亞莉亞似乎擅自把我的評等提高了。

「就靠三人小隊來追蹤吧。火力不足的地方我來負責。」

「追蹤是要追蹤什麼?發生了什麼事?妳好歹說明一下狀況吧。」

「公車被挾持了。」

「公車?」

「就是開往武偵高中的公車。那班公車7點58分也會停在你的公寓前面。」

——!

什麼!

那班公車被挾持了嗎?

那台公車上,可是載滿了武藤和許多同校的學生。

「犯人在車內嗎?」

「我不知道,應該不在吧。因為公車上被裝了炸彈。」

炸彈。

聽到這個單字,我腦中就閃過幾天前腳踏車遭劫的事情。

亞莉亞似乎察覺到我的想法,斜眼看著我。

「金次。是『武偵殺手』。犯人的手法跟炸掉你腳踏車的傢伙一樣。」

——「武偵殺手」?

這耳熟的名字，我聽了皺眉。

那是之前白雪說的那個連續殺人犯的通稱。

「最初遇到的武偵是摩托車被劫。再來是車子遇劫。然後是你的腳踏車，這次是公車……他每次都會在交通工具上，裝設『一減速就會爆炸的炸彈』，奪走對方的自由，然後再利用遠距離操控。不過，他使用的電波有固定的模式。我上次救你的時候，還有這次，我都有捕捉到那個電波。」

「可是『武偵殺手』已經被逮捕了吧。」

「那不是真兇。」

「什麼？等一下。妳到底在說什麼啊。」

不對勁。

她的話有許多奇怪的地方。

但是——

亞莉亞快速轉向我，用眼梢上翹的雙眼瞪著我。

「現在沒有時間做背景說明，你也沒必要知道。這個小隊的隊長可是我。」

亞莉亞對我挺起胸膛。

蕾姬像尊石像站在一旁，瞄了她一眼。

「等等……等一下，亞莉亞！妳——」

「事件已經發生了！公車隨時都有可能被炸掉！我們的任務是救出公車內的乘客！以上！」

「妳愛當隊長就給妳當！但是，妳既然是隊長就有必要向隊員詳細說明！不管是什麼事件，武偵可都是賭上命的！」

「武偵憲章第一條！『同伴之間要互信互助』！被害人是武偵高中的同伴！所以沒有必要詳細說明！」

我們的上空傳來了一陣巨大聲響，夾雜著雨水聲。是直升機的聲音。

抬頭一看，一架車輛科的單翼直升機正要降落到女生宿舍的屋頂上。機身上裝著藍色的迴轉燈。

亞莉亞居然連這種東西都叫來了。

事到如今，似乎沒有閒功夫再繼續聽說明了。

「……該死。好啦好啦，就上吧！我去就可以了吧！」

看到我在怒吼，亞莉亞笑了。被雨淋濕的雙馬尾，在直升機刮起的風下飄動。

「金次，這是我們約好的第一起事件。」

「還真是大事件啊。我還真是倒了八輩子的楣。」

「你可要守約喔？我很期待能夠看到你的實力。」

「我可先說好，我沒有妳想像的那麼厲害。而且我離開強襲科也有一段時間了。妳帶一個E級的武偵去處理這種高難度的事件，真的沒問題嗎？」

「萬一有危險我會保護你的。你放心吧。」

無線耳機傳來通信科的情報，武偵高中的公車款式是isuzu erga mio。聽說公車在男生宿舍前載了武藤等學生後，它就沒有靠站，一路狂飆。之後，就收到車內學生的緊急通報，說公車遭人挾持。

公車上載了六十人呈現超載狀態，在繞行學園島一圈後，渡過青海南橋，跑到了台場。

「警視廳和東京武偵局還沒有動作嗎？」

直升機升空發出巨響，我和亞莉亞用無線電通話。

『他們有動作。不過對方可是狂奔的公車。需要適當的準備才行。』

「這麼說我們是第一個到現場的囉？」

『那還用說！我攔截到犯人的電波，早在有人報警前，我就開始準備了。』

亞莉亞哼了一聲，檢整著自己愛用的雙槍。

那兩把銀、黑手槍顏色不同，但卻是同款的武器。

那是美國科爾特公司（Colt）的著名武器——Government的特製版吧。該武器有許多專利都已經超過期限，所以才得以自由改造。

最顯眼的地方是槍把處有一個珍珠貝的浮雕。上頭雕刻的女性側臉，是一位貌似亞莉亞的美人。

『看到了。』

聽到蕾姬的聲音，我和亞莉亞同時把頭湊到防彈窗前。

右側的窗外，台場的建築物、灣岸道路和臨海線清晰可見。

但從這個距離，車輛的大小像綠豆般，看不大清楚。

「我什麼都看不到啊，蕾姬。」

『公車在日航飯店前面正要右轉。車窗裡面有武偵高中的學生。』

『看、看得還真清楚啊。妳視力多少啊？』

『兩眼都六．〇。』

這超乎常人的數字，讓我和亞莉亞不禁互看了一眼。

駕駛把直升機下降到蕾姬所說的地點後，武偵高中的公車果真在該處疾駛。速度飛快，油門幾乎踩到底了。

公車超越其他車輛，穿過電視台前方。直升機追蹤過去時，我看見電視台裡有人正在用相機和手機拍攝我們。

『我們要從空中移動到公車的車頂上。我檢查公車外側。金次你確認車內的狀況後跟我聯絡。蕾姬留在直升機上追蹤公車，等候命令。』

迅速分配完工作後，亞莉亞取下天花板上貌似小學生書包的強襲用降落傘。

「裡面……萬一犯人就在車內，人質會有危險吧。」

『「武偵殺手」他不會在車內。』

「犯人也有可能不是『武偵殺手吧』！」

『萬一不是，你就想辦法處理。如果是你的話應該會有辦法吧。』

——這傢伙。

武偵以迅速解決事件為宗旨，因此常憑藉現場的判斷來解決事物，這點經常飽受世人的批評。

但是，亞莉亞說的這番話，無視常理也要有個限度吧。簡直可說是毫無常識。

簡單來說，她就是要我們直接衝進現場，再用壓倒性的戰鬥力一口氣收拾乾淨。妳也未免太過度信任我……小隊成員了吧。

我多少可以明白，亞莉亞不管到哪個國家都是「獨唱曲」的緣故了。

我和亞莉亞操縱強襲用降落傘，幾乎以自由落體的速度滾落到公車屋頂上。久違的空降體驗，我險些從公車車頂滑落地面。

幸好亞莉亞抓住了我的手。

「喂——！你認真一點好嗎！」

亞莉亞不耐煩地大喊道。

「我很認真啊……這已經是我『現在』最認真的樣子了！」

我回答，同時把腰帶的繩索射進車頂上，防止自己被甩落。

亞莉亞也利用繩索，用直昇機機降的要領，自公車的後方降下。

犯人有可能在車內，我為了謹慎起見，用附有鏡子的伸縮棒確認車內狀況。車內擠滿了學生，目前沒發現疑似犯人的身影。

我請裡頭的一位學生開窗，接著鬆開繩索進到車內。

原本處在混亂狀態的學生們，看見我進來後同時議論紛紛。

眾多言語交錯，他們在說什麼我並不清楚。

「金次！」

我聽到熟悉的聲音轉頭一看，是剛才在公車站牌丟下「第二節再見」後，棄我而去的武藤。

「武藤，現在還沒第二節課，我們又見面啦。」

「是、是啊。該死！為何我會坐上這種公車啊。」

「應該是你捨棄朋友，所以才會遭報應吧。」

「——你看那邊的女生。」

武藤指著一位站在駕駛座的眼鏡妹說。

「遠、遠、遠、遠山學長！快救救我們。」

她眼中噙著淚水，是我國中部的學妹。

「怎麼了，發生了什麼事？」

「我、我、我的手機不知道什麼時候被掉包了。然後突然發出聲音。」

「公車要是減速就會爆炸。」

原來是這樣。

亞莉亞所言不假，這起事件又是相同手法。

跟挾持我腳踏車的犯人一樣！

『金次，狀況如何？仔細回報狀況！』

是亞莉亞的聲音。

「跟妳說的一樣，公車被遠距離挾持了。妳那邊如何？」

『我找到疑似炸彈的東西！』

我聽這番話，朝公車後方墊腳看去。亞莉亞的腳和繩索就在窗外。

她讓自己倒吊，以檢查車體下方。

『卡辛斯基β型的塑膠炸彈，「武偵殺手」的拿手招式。光是用看的，炸藥的容積就

有三千五百立方公分！』（註9）

我快昏倒了。

這炸藥量也未免太可觀。

萬一爆炸別說是公車，就連電車也會被炸飛吧。

『我鑽進去，看看能不能把炸彈解體——啊！』

亞莉亞尖叫的同時，一陣震動「碰」地襲擊公車。

學生們糾纏在一起摔倒在地，尖叫聲四起。

我慌忙看公車的後擋風玻璃外。

有一台敞篷車撞上公車，正好要倒車取出距離。

「妳不要緊吧？·亞莉亞！」

沒有回應。

剛才的追撞似乎讓她受創了。

我慌忙從窗戶探身，想沿著車頂繞至後方。

一旁突然催油門的聲音，我轉頭一看，剛才在公車後方的那台敞篷車——紅色的雷諾超級跑車蜘蛛（Renault Sport Spider）——繞到了側面來。

9　卡辛斯基（Kaczynski），國際知名的美國炸彈客，擁有高學歷。從1975年5月開始到1995年止，不斷寄炸彈到各大學和航空公司，最後被宣判終身監禁且不得假釋，目前仍在服刑。這邊作者以他的名字來當作炸彈。

無人的座椅上，架著烏茲的槍座正對準這裡！

「——大家快趴下！」

我朝車內大喊，學生們將頭部壓低的瞬間——噠噠噠噠！

無數的子彈，將公車的窗戶由後往前一口氣射破。

「嗚！」

一顆子彈打中我胸口，把我整個人推回車內。

我多虧身上的防彈背心，並沒有受傷，但這股衝擊，彷彿像中了一記跳膝擊。這種疼痛我體驗過許多次，不過依然無法習慣它。

這時公車突然異常地搖晃，我轉頭一看，

「！」

只見駕駛整個人倒臥在方向盤上。

他的肩頭中彈。

他因為要駕駛，所以無法壓低身體。

公車慢慢闖入對向車道。

對向車輛為了閃避，碰撞到護欄產生了火花。

——亂成一團了。

該怎麼辦才好。

我不知道。完全沒有頭緒。「現在」的我，根本不知道該如何處理！

「在有明競技場往右轉。」

地上的一支手機，傳來人工聲音吩咐道。那是剛才的女生跌倒時掉落的。

更不妙的是公車開始減速了！

「武、武藤！你來開車！別讓公車慢下來！」

我脫下防彈頭盔丟給武藤，再次把手放在窗戶上，同時大喊。

「要、要我開是可以啦！」

武藤拿到頭盔隨即戴上，接著和其他學生一起把負傷的駕駛移到地板上後，坐上了駕駛座。

「我上次改車被抓，再累積一點我就要被吊扣了！」

我聽著身後武藤自暴自棄的聲音，慢慢爬上車頂。

「反正這台公車現在已經開錯車道了。太好了，武藤。恭喜你駕照被吊扣。」

「你最好從車頂摔下來！看我開車輾死你！」

在大雨中，公車高速行駛往彩虹橋奔去。

「——犯人想讓這種爆裂物進到都心嗎！」

我坐在窗邊上半身露在外頭，拼死讓自己不被甩落。

在彩虹橋的入口附近，公車一陣急轉彎。

瞬間一邊的車輪翹起，但總算還是彎了過去。

因為學生們聽到武藤的號令，全部往左側集中，才讓公車保持平衡不至於翻覆。有你的，武藤。不愧是車輛科的優等生。

公車急速衝上彩虹橋，橋上沒有半台車子。

警視廳似乎已經行動，封鎖了道路。

「喂！亞莉亞妳不要緊吧！」

「金次！」

我爬上屋頂，亞莉亞剛好也沿著繩索爬了上來，抬頭看我。

「亞莉亞！妳的頭盔怎麼了！」

「剛才被雷諾衝撞時弄破了！你又是怎麼回事！」

亞莉亞指著我的頭問。

「駕駛受傷了，所以我把頭盔借給武藤要他開車！」

「你這樣太危險了！為什麼毫無防備跑出來！你怎麼連這種初步的判斷都不會！馬上躲回車內——後面！快趴下！你在搞什麼鬼，笨蛋！」

亞莉亞突然拔出雙槍，朝著一臉鐵青的我衝了過來。

——發生了什麼事。

我無法掌握狀況，回頭一看——

雷諾蜘蛛這次停在公車前方，正扣下烏茲的扳機。

子彈朝著我的臉飛了過來。

——我死定了。

我當下真的如此心想。

亞莉亞對雷諾跑車開槍回擊，同時——

這一切就像慢動作般，她用嬌小的身軀朝我擒抱過來。

啪！啪！

兩聲中彈聲。

我的視野裡鮮血飛散。

——但我卻感受不到疼痛。

「亞莉亞！」

亞莉亞在車頂上不停滾動，接著從側面摔落。

她所滾過地方附著了鮮血，在雨水的沖洗下緩緩消失。

「亞莉亞——亞莉亞！」

我使出全身的力量，拉扯繫在亞莉亞身上的繩索。

雷諾降低車速，繞到了側面來。

慘了！現在如果它開槍，一切就玩完了！

我心想，但對方卻沒有開槍。

仔細一看，車上的槍座已經壞了。

亞莉亞在那一瞬間的交錯下，破壞了雷諾的武器。

『萬一有危險我會保護你的。』

亞莉亞的娃娃聲在我腦中迴盪。

「亞莉亞！」

大聲呼叫的同時，我把一動也不動的亞莉亞拉回車頂。

看到她這樣，我全身發抖，就在此時——

磅！

一陣爆裂聲響起。

接著又是一聲，磅！

「！」

雷諾在兩聲聲響後開始打轉，接著撞上護欄爆炸。

在公車後方化成了一團火球。

仔細看眼前，武偵高中的直升機正飛了過來，與彩虹橋的並行。

機上的艙門大開，蕾姬採跪射姿勢，正用狙擊槍瞄準這裡。

方才在建築物眾多的台場無法狙擊，現在公車開上了大橋同時也製造了機會。

『——我是一發子彈，』

無線耳機傳來蕾姬的聲音。

仔細一看她正在瞄準公車。

『子彈沒有人心。故不會思考——』

她呢喃，像在詠唱詩句般。

「——只會一味地朝目標飛去。」

這席話我在強襲科聽過很多次。

蕾姬瞄準目標時總是這麼說。

那像咒文般的獨白結束的瞬間——

蕾姬的槍口「砰、砰、砰」地放出三道光芒。

每當槍口發光，中彈的衝擊力就傳到了公車上，槍聲各慢了一拍，持續三響。

匡！匡啷！公車底部似乎有某樣零件掉落，滾落在駛過的道路上。

那是連同車輛零件一起被分離下來的炸彈。

『——我是一發子彈——』

接在蕾姬的話語之後，又是一聲槍響。

子彈打中零件冒出火花，連同炸彈一起像足球一樣飛了起來。

接著朝大橋的中央分隔處落下，直往海裡墜落。

碰————！

炸彈似乎被遠距離遙控給引爆，海中噴出驚人的水柱。

公車逐漸減速，最後停下來。

車頂上，一動也不動的亞莉亞和……

完全派不上用場的我，任由大雨拍打著身體。

亞莉亞被送到武偵病院，所幸傷勢並不嚴重。

這真的只能說是運氣好。

命中亞莉亞的兩發子彈只是掠過額頭而已。

亞莉亞一度引發腦震盪，所以院方替她照了ＭＲＩ（磁振造影），腦內並無出血，只受到了一點皮肉傷。

隔天，我向教務科提出報告書，接著到武偵病院。亞莉亞的病房是ＶＩＰ專用的單人房。這麼說來好像有聽理子說過，亞莉亞人不可貌相，是貴族的大小姐。

病房內有一個小會客室，裡面裝飾著白百合，上頭一張卡片寫著：「蕾姬」。那花是機器人女——蕾姬拿過來的嗎？真叫人意外。

……啪……啪。

「？」

寢室的房門微開，隙縫中傳來奇妙的聲音。

我自覺奇怪朝門縫裡窺視，只見寢室裡的亞莉亞坐在大床上……

正拿著小鏡子看自己額頭上的傷口。

「……」

她十分專注，完全沒發現門外有人。

額頭上的傷口還未消退，依舊赤紅腫脹。

那兩發子彈在亞莉亞的額頭上留下兩條交叉的傷痕。她平時總是自豪的漂亮額頭，也因此失去了光彩。

昨天我問過醫生，那兩道傷痕恐怕會跟著她一輩子。

永遠不會消失。

啪……啪。

亞莉亞噙淚看著鏡子，手中拿著平常愛用的髮夾，夾了又拆下、夾了又拆下。

這看在我眼裡，胸口竄過一道有如針扎的刺痛。

亞莉亞她……很喜歡自己的額頭。

現在那裡卻留下了傷疤，她想必很難過吧。

「……亞莉亞。」

我裝作才剛到，稍微離開門邊，敲門喊道。

房間裡頭傳來一陣忙亂的整理聲。

「啊！等、等一下！」

「……進來吧。」

得到允許後我進到房內，亞莉亞飛快地把繃帶重新纏回頭上，然後用工具把弄手槍。

看起來有些刻意，她似乎想假裝自己在檢整武器。

「——你來探病？」

說完，她用不悅的眼神看向我。

「別把我當成傷兵。這種擦傷還要我住院，醫生實在太小題大作了。」

「妳是名符其實的傷兵吧。額頭上的傷口——」

「傷口怎樣？別盯著我看啦！」

「不是，那個……這傷口會留下疤痕吧。」

「然後勒？我又不在意。你也別放在心上。好，武器檢整完了。」

亞莉亞把手槍放到邊几上，雙手交叉在胸前。

「武偵憲章第一條。同伴之間要互信互助。我只是遵從憲章而已。不是因為特別要救你。」

「武偵憲章……那種冠冕堂皇的東西，別像傻瓜一樣乖乖遵守啦。」

「……你的意思是我是傻瓜囉？區區一個金次。不過……你說的也對。我真的是傻瓜才會救你這種笨蛋。」

亞莉亞別過頭，我不想再繼續談這個話題，拿出便利商店的袋子遞給她。

片刻的沉默後，亞莉亞的鼻頭微微抽動。

「……桃饅？」

她沒有打開，似乎光聞味道就知道了。

亞莉亞紅色的上翹眼瞪得斗大，轉過頭來。

「吃吧！我把架上的都買回來了，有五個。妳喜歡吃這個吧？」

我說完，亞莉亞盯著塑膠袋沉默片刻，接著一把搶了過去，把手伸進袋中。

然後開始大口吃起已經有點變涼的桃饅。

我感覺自己好像在餵食受傷的野獸。

「妳吃慢一點，桃饅又不會跑掉。」

「吵屬了。要怎麼吃是我的自由吧。」

亞莉亞的唇上沾著餡料，貧嘴說完後繼續默默地吃著桃饅。

武偵病院的伙食出名的難吃，她在這肯定沒好好吃飯吧。

「算了……妳邊吃邊聽我說。在那之後，警方找到犯人利用過的旅館房間。」

「……住宿紀錄呢？」

「沒有，應該說住宿資料被人從外部竄改了。」

我從書包裡拿出資料夾，放到亞莉亞的膝蓋上。

「我請峰理子等偵探科和鑑識科的人，調查了房間。但從結論上來說，犯人沒有留下任何可以讓我們逮到他的蛛絲馬跡。」

「我想也是。『武偵殺手』是個非常狡猾的傢伙。他不可能會留下證據的。」

「『武偵殺手』……嗎。我原本以為挾持腳踏車和公車的人，是『武偵殺手』的模仿犯呢。畢竟那傢伙已經被逮捕了。」

「我早就跟你說過了，那是錯誤逮捕。」

我無法反駁亞莉亞的說法。

的確，這幾起事件模仿犯那種低水準的犯罪者根本做不出來。

「還有……那資料夾裡面，還有我腳踏車遇劫的調查報告。不過老實說，那東西有跟沒有一樣。因為電動滑板車和烏茲都是失竊品。」
「真是一群沒用的傢伙，這種資料看了只是浪費時間而已。」
「妳如果這麼覺得，就把它丟到垃圾桶吧。」
我說完，亞莉亞當真把資料夾丟進垃圾桶，讓我有些不滿。
資料雖然沒掌握到半點線索，但好歹也是理子他們通宵調查出來的成果。
「——你出去。已經結束了吧？」
「？」
「你回到強襲科的第一起事件，現在已經結束了，所以我們之間的契約期滿。你已經可以回偵探科了。再見。」
亞莉亞吃完桃饅後，不屑地說。
「什麼啊……妳還真是任性的傢伙。自己強迫我加入，事情辦完了就那樣嗎？」
「你希望我跟你道歉嗎？還是要付錢給你，你才高興？」
「……妳想讓我發火嗎？」
「我想要你快點離開，讓我單獨靜一靜。」
「好，我走。」
我感覺一股血液衝上腦門。
我不知道自己為何這麼生氣，但亞莉亞的一字一句都令我感到難過。

我轉過身，正準備離開病房。

「那算什麼……」

手放在門把上的我，身後傳來亞莉亞的呢喃。

「我對你很期待……原本以為只要帶你到現場，你就會跟那時候一樣讓我看你的實力！」

「——是妳自己愛把期待加諸在我身上的！我本來就沒有那種能耐！而且我早就決定不幹武偵了！妳為什麼老是這麼任性！」

我下意識大聲回嘴。

不知為何，一遇到她我就無法冷靜以對。

該死！為什麼會這樣。

真不像我。

「我當然會任性！我已經沒有時間了！」

「那是什麼話！莫名其妙！」

「你如果是武偵就自己調查啊！跟我比起來——跟我比起來你不想幹武偵的原因，肯定沒什麼了不起！」

沒什麼了不起。

聽到這句話，我——

當我回過神來，自己早已情緒激動地逼近亞莉亞。

腦中也忘了對方是女性，差點一把抓住她的衣領。

……但我忍了下來，緊握住雙手。

用力、用力地握緊。

「幹、幹嘛……你做什麼！」

第一次看到我氣勢洶洶的樣子，就連亞莉亞也不免驚慌失措。

我把雙手撐在病床上，低著頭。

沒錯，現在的我。

臉上的表情一定很可怕。

這表情我不想讓任何人看見。

白雪也曾說過，我們遠山家代代都是正義使者。

其職業雖然依時代不同而有所改變，但我們憑藉「爆發模式」這特殊的基因力量，持續戰鬥了好幾百年。

父親在我懂事前就過世，生前是從事武裝檢察官的工作，而從事武偵的大哥也曾經是我的英雄，同時也是人生的目標。

所以我毫無疑問，自願到武偵高中就讀。

在國中時代，爆發模式曾讓我飽嚐苦頭，但總有一天我會像父親和大哥一樣駕馭自如——原本，我還能抱持積極的心態去思考事物。

……但在去年冬天，發生了一件足以改變我人生的大事。

浦賀沖海難事故。

日本籍的大型遊艇：安蓓麗奴號沉沒，船上一名乘客行蹤不明，還未打撈到屍體時搜索就宣告終止，是一起不幸的船難事故。

死者是船上的一名武偵——遠山金一。

就是我的大哥。

大哥總是為弱者而戰，幾乎不求回報，不管對方是什麼惡人都不曾輸過。根據警方的說法，大哥為了讓船員和乘客先行避難，所以才會來不及逃生。

但唯恐被乘客控告的遊艇活動公司，以及受到其煽動的部分乘客，卻在事故後猛烈抨擊大哥。

「明明坐在船上卻不會防範事故於未然，真是無能的武偵。」

網路、週刊雜誌以及當面對身為遺族的我，所吐出的各種批評怒罵。

直到現在，那些場景我做夢還會夢到。

——大哥為何幫助別人自己卻死了。

——為什麼他會變成代罪羔羊。

這些都是因為爆發模式的基因——因為他當武偵的關係！

沒錯。什麼武偵，什麼正義使者，為別人奮戰卻搞得自己千瘡百孔，最後連死後都要被人丟石頭，根本就是吃虧又不討好的工作！

所以我決定不幹這種蠢工作。

未來我要當一個普通人。

活在世界上，可以暢所欲言說一些不負責任的話，過著平凡的日子。

我已經如此決定了。

決定了——對。

我抬起頭，亞莉亞沉默不語。

和她紅紫色的眼眸交會時，我終於明白自己為何會對亞莉亞抱有一種黑暗的情感。

——這傢伙跟我很像。

同樣背負著一種旁人難以理解的沉重包袱，在武偵這條道路上與我背道而馳。甚至可說到了悲壯的地步。

我想要逃，而這傢伙卻想要去面對。

「反正……我不幹武偵了。明年開始我就會到普通的高中就讀。」

「……」

「妳有在聽嗎？」

「我知道了……我知道了啦……我一直在尋找的人……」

亞莉亞挪開視線，一個漫長的眨眼。

就像在為無法繼續寫下去的文章畫下句點一般。

「不是你。」

4彈　瀏海之下

最後，我和亞莉亞就在那場爭吵中分別了。

這樣就可以了吧。

這結果跟我期望的一樣。

我在那場公車挾持事件中，讓她看到「現在」什麼都做不到的我。

亞莉亞因此對我感到失望，終於同意解放我。

多虧如此我可以離開強襲科。接下來只要在偵探科消磨時間，和平度日，明年開始轉學到普通的高中，然後脫離武偵的世界，變成普通的大人。

這樣不是很好嗎。

可是……心中這股煩悶的感覺是怎麼回事？

在那之後我帶著一股莫名的急躁，度過周末。

啪……啪。

我不論看電視還是上網，那髮夾聲都離不開我的腦袋。

在亞莉亞預定出院的禮拜天早晨——也就是今天早上，我試著不去想她的事，讓自己埋首在掃地和洗衣當中。

然而，正因如此——

過午之後，我在一個意外的場所，偶然看見剛出院的亞莉亞。

就在學園島角落的一家美容院。

我到美容院旁的乾洗店正要回家，碰巧看到亞莉亞。她變了許多讓我不自覺停下腳步。

她似乎沒注意到我，所以我又偷瞧了她一眼。

「……」

亞莉亞的表情有些沉重，兩撮長長的雙馬尾還是維持原樣，但髮型改變了。

她放下瀏海。

雖然那也可愛到會教人暈眩，但那很明顯是為了掩飾額頭上的傷口。

一想到這，我內心又是一陣刺痛。

亞莉亞穿著高跟涼鞋發出聲響，往單軌車站走去。鞋上有一對像白色櫻桃的毛球。

那服裝是便服。

我只看過她穿制服和C裝備，現在看到她這身普通女生的裝扮，反倒覺得新鮮。

亞莉亞身上一席典雅洋裝，白底、淡粉紅色花紋相當時尚，彷彿像從流行雜誌上剪下來的人影一般。

如果把現在的亞莉亞拍下來做封面，雜誌和那件衣服肯定都會大賣吧。

不過……平常的亞莉亞雖然很注意自己的穿著，但我從沒看過她精心打扮到這種地步。

她要去哪呢？

（約會？）

這不應該是疑問句。

八成是這樣沒錯。

……原來亞莉亞有男朋友。

是個什麼樣的人呢？

我如此心想，不知為何，無意中開始跟蹤起亞莉亞。

亞莉亞坐單軌電車來到新橋，接著在那裡換乘ＪＲ途中經過神田，最後在新宿下車。

我跟在她身後，看到街上的男性都在偷瞄亞莉亞。

這也難怪。這麼可愛的女孩，百年難得一見。而且身上衣著又特別精心打扮，要她不受注目反而奇怪。

亞莉亞從西邊出口往高層大樓街走去，腳下的高跟涼鞋發出答答聲。

這方向也叫我有些意外。

這裡應該只有辦公大樓而已……這麼看來，她男朋友是社會人士嗎？

我一邊思考，同時繼續尾隨。

亞莉亞突然在一棟出乎意料的建築物前，停下腳步。

新宿警察署。

來這種地方，為何還需要精心打扮？

「……你的跟蹤方式也未免太遜了吧。馬腳都跑出來了。」

亞莉亞頭也不回，突然開口說。我感覺被人當頭棒喝。

——搞什麼。

原來已經穿幫了嗎？

「啊……那個。妳之前不是說過嗎？『不要發問，如果是武偵就自己調查』。」

我因為尷尬有些惱羞成怒，邊說邊走到亞莉亞身邊。

「妳既然發現了幹嘛不早說？」

「因為我在猶豫。猶豫到底該不該告訴你。因為你也是『武偵殺手』的被害人之一。」

「？」

「算了，反正都已經到了。就算把你趕走，你也會跟過來吧。」

亞莉亞的話中，少了平常的蠻橫。

接著她走進署內，我的腦中滿是問號，也跟著走了進去。

拘留所會客室內，在兩位管理官的監視下，一位美女出現在壓克力板後方。她的容貌我有印象。

亞莉亞槍把上的貝殼浮雕。她就是浮雕上那位跟亞莉亞很神似的女性。

一頭曲線柔順的長髮。縞瑪瑙般漆黑的雙瞳。跟亞莉亞一樣，有著白瓷般的肌膚。

「哎呀……亞莉亞。這位是妳的男朋友？」

「才、才不是呢，媽媽。」

女性看到我有些驚訝，但依然用穩重大方的語氣開口說。

她是亞莉亞的……母親嗎？

好、好年輕。

她感覺不像母親，反而像是年齡差距較大的姊姊。

「那應該是很重要的朋友吧？哇——亞莉亞也到交男朋友的年紀了。連朋友間的交際都很不擅長的亞莉亞，嘿。呵呵。呵呵呵……」

「不是啦。這傢伙叫遠山金次。是我武偵高中的同學，**我們不是那種關係**，絕對不是。」

母親瞇著睫毛長長的雙眼，溫柔地笑著。亞莉亞斷言說道。

妳也不用否定得這麼徹底吧。

「……金次同學，初次見面。我是亞莉亞的母親神崎香苗。小女似乎受你照顧了。」

「啊！哪裡……」

雖然身處這種房間，但香苗女士給人的氣氛卻相當柔和，彷彿把這裡完全包裹住一般。

其實我有點怕這類型的人。

會讓我沒理由地緊張，說話變得怪腔怪調。

亞莉亞看到這樣的我似乎有些急躁，接著朝壓克力板探出身子。

「媽媽。會客時間只有三分鐘，我長話短說……這個一臉蠢相的傢伙是『武偵殺手』的第三名被害者。上禮拜，他的腳踏車在武偵高中被裝炸彈。」

「……哎呀……」

香苗女士表情僵硬。

「還有另外一件，前天發生了公車挾持事件。犯人的活動突然變頻繁了。這表示他很快就會露出馬腳。所以我要照原本的計畫，先把『武偵殺手』逮捕歸案。只要能證明那些案子是他犯下的，就可以還媽媽清白，媽媽的有期徒刑就能從864年一口氣減到742年。到最高法院這段期間，其他案件我一定也會幫媽媽想辦法。」

——亞莉亞說的話，讓我瞪大了雙眼。

「還有，『伊・幽』那些把媽媽當成代罪羔羊的傢伙，我也會把他們全部送進這裡。」

「亞莉亞。妳能這麼想，媽媽很高興。但是現在妳要對抗伊・幽還言之過早。妳找到『夥伴』了嗎？」

「那個……不管我怎麼找都找不到。沒有人跟得上我的腳步。」

「那可不行，亞莉亞。妳的才能是遺傳性的。不過，妳也遺傳了我們一族最不好的一面，就是自尊心過高和孩子氣。現在這樣，妳連自己一半的實力都無法發揮。妳必須要找到能夠理解妳、讓妳和社會接軌的夥伴。一個適當的夥伴，可以讓妳的能力提升好幾倍，曾祖父和祖母不都有一個優秀的夥伴嗎？」

「……這些話，我在倫敦聽到耳朵都快長繭了。因為我一直找不到夥伴，所以還被人說是缺陷品……可是……」

「人生就是要慢步前進，跑得快的孩子容易跌倒。」

香苗女士說完，長睫毛的雙眸緩緩眨眼。

「神崎！時間到了。」

站在牆邊的管理官，看著牆上的時鐘同時宣告。

「媽媽，妳等我！我一定會在公審之前把所有犯人逮捕！」

「心急誤事，亞莉亞。我最擔心的是妳。妳不能一個人貿然行事。」

「我不要！我想要快點救媽媽出來！」

「亞莉亞。我最高法院的審理，律師會努力幫我拖延時間。所以妳要冷靜下來，當務之急要先找到一個夥伴。妳額頭上的傷，就是妳無法單獨涉險對抗的證據。」

香苗女士似乎早就注意到亞莉亞瀏海下的傷痕和繃帶，責備她說。

「我不要、我不要、我不要！」

「亞莉亞……！」

「時間到了！」

香苗女士靠近壓克力板，想安慰激動的亞莉亞。但被管理官架住身體拉了回來。

香苗女士呻吟一聲，略微痛苦地喘息。

「住手！不要對媽媽這麼粗魯！」

亞莉亞露出犬齒，宛如一頭嬌小的猛獸，紅紫色的眼眸激憤，衝到壓克力板前。

那板子雖然透明，但卻堅固厚實。當然它不會變形，對亞莉亞的憤怒也沒有任何的反應。

早苗女士擔心地看著亞莉亞，被兩個人拖了出去。

會客室深處的門扉與它綠色的柔和色調相違，發出沉重的金屬聲——關了起來。

「我要告他們，那種粗暴的手法不可能被允許。我一定要告他們！」

亞莉亞一路自言自語，同時走回烏雲密布的新宿車站。

我一路上都沒跟她說話。

只是像個影子一樣跟在她身後。

「……」

答！答！答！

亞莉亞踩著高跟涼鞋，走到ＡＬＴＡ百貨前突然停了下來。

我也跟著停下腳步。

從背影看來，亞莉亞低著頭聳起肩膀，打直的雙手緊握顫抖。

滴答。

滴答……滴答。

幾滴水珠落在她的腳邊彈開。

很明顯……那是亞莉亞的眼淚。

「亞莉亞……」

「我沒哭！」

亞莉亞氣得在顫抖，低頭說道。

在潮濕的風中，走過街道的人們嗤笑地看著杵在路中央的我們。

他們大概以為是情侶吵架吧。

「喂……亞莉亞。」

我繞到亞莉亞前面，稍微彎下腰窺視她的臉孔。

藏在瀏海下的雙眼，兩道有如珍珠般的水珠，劃過低伏的潔白臉頰。

「我……我沒有……」

亞莉亞咬緊牙根，淚水不停從緊閉的雙眼中滿溢而出。

接著，

「哭……嗚哇……嗚哇哇哇哇哇！」

亞莉亞像斷了線一般，開始哭泣。

她抬頭避開我的視線，像小孩一樣嚎嚎大哭。

其聲勢之大，就連我的胸口也會為之震動。

「嗚哇哇哇哇哇哇……媽媽……媽媽啊啊啊……！」

黃昏的街道上，明亮的霓虹招牌搭配愉快的音樂，正在宣傳流行服飾和最新的電器產品。那閃爍的燈光照在亞莉亞頭上，似乎在玩弄她桃紅色的頭髮一般。

這時天空開始降下陣雨。

人群和車輛從我們身旁通過。

「哇哈哈哈！真的假的？太好笑了！」耳朵貼著手機的女性，大聲講著電話穿越而去。

亞莉亞在喧囂當中不停大哭，我完全無法安慰她。

只能一語不發地站在她身旁。

星期一，東京受到強風吹襲。一般科目的課堂上，我右手邊的座位空無一人。

亞莉亞似乎向學校請假。

在那之後，亞莉亞在ＡＬＴＡ百貨哭完，說想要自己獨處，因此我倆最後就在那分開了。

那天我巧遇亞莉亞後跟著她，以被害人之一的身分見到她母親……知道了許多事情。

我都知道了。

——警方認定亞莉亞的母親是「武偵殺手」，而逮捕了她。

同時很快就在高等法院（二審）被宣判有罪。

恐怕是因為這起案件適用「下級裁隔意制度」——一種新制度，對有確切犯罪事證的案件，最高法院（三審）前會快速審理，以避免拖慢審理的速度——的緣故吧。

高院的量刑，居然是有期徒刑８６４年。事實上已經等於終身監禁。

再從會客室的對話來思考，亞莉亞的母親除了「武偵殺手」的事件以外，似乎還有其他的犯罪嫌疑。亞莉亞認為那些指證全是不白之冤，想在最高法院審理之前翻案。

但亞莉亞採取的方法略嫌粗暴，她想利用武偵的身分來抓到真兇。

還有就是「夥伴」的事情。

亞莉亞的老家「H」家是貴族門第。而且，似乎還是警察之類的名門，只要和優秀的夥伴搭檔，其能力就會大舉提升，一族也因此立下許多功績。

因此，亞莉亞也被要求必須要找到夥伴。

但亞莉亞卻一直沒找到。

那是當然的吧。

能夠和那種天才兒童搭擋的夥伴，可說是打著燈籠都找不著。亞莉亞把「夥伴」改稱為「奴隸」，或許是想要藉由詞彙上的降格，來壓低對其能力的要求門檻，藉此來減輕自己心理上的負擔吧。

我思考著，完全無心想上偵探科的課。

下課後，我的手機收到一封郵件。

是理子。

『欽欽。放學後來台場的艾斯黛拉俱樂部。我有重要的事情要跟你說。』

平常的我，要是看到這種訊息肯定不會去吧。

女生的邀約通常都沒好事，而且理子所謂「重要的事情」從來沒有重要過。

不過，這次的情況稍微特殊了點。

理子還在調查上禮拜的公車挾持事件，今天也因此蹺掉偵探科的課。而且今天亞莉亞休假的事情，也讓我有些在意。

一股不好的預感，為了安全起見，我坐單軌電車往台場出發。

途中我稍微迷了一下路，最後找到「艾斯黛拉」這家俱樂部。那裡似乎是包廂式的高級卡拉ＯＫ店。

店家的機車停車場內，停著一台桃紅色的改造偉士牌。

這品味十分怪異的鮮艷顏色，我相當有印象。是理子的摩托車。

這摩托車外觀雖是五〇ＣＣ，不過理子花大錢請武藤改裝，在經過遊走車檢邊緣的大幅改造後，現在可以車速能飆到一五〇公里，理子還因此得意不已。武藤……你好歹也選一下工作吧。

現在時間是傍晚六點。

格外鮮明的晚霞像鮮血一般。深藍色的片片浮雲在空中流動，速度異常之快。

這是因為有颱風接近東京的關係吧，風勢也很強勁。

進入俱樂部後，剛下班的ＯＬ和約會中的情侶在休息室裡，正在品嘗像藝術品般的蛋糕。仔細一看，有幾個武偵高中的女生也穿插在其中。這裡還真受歡迎啊。

「錦──錦──！」

理子從裡頭小跑步過來，身上還是穿著蘿莉塔制服。

今天的制服……格外誇張。特別是裙子的部分，有如康乃馨的花瓣一樣輕飄鼓起。那是用一種叫橫式襯裙（Panier）的東西膨起來的吧。

「我說妳啊，蹺課跑到這種地方做什麼啊？」

「嘻嘻！我穿了這身**決勝服**。可是欽欽一直都沒出現，我還以為我被甩了呢。理子好高興。」

「我們不是那種關係吧？」

「啊——好冷淡喔。接下來可是理子路線喔？」

「那是什麼？我有聽沒有懂。」

理子微笑，上轉的眼珠帶有一種奇妙的艷麗，我不免感到驚訝。我不該來赴約的。這傢伙是怎麼回事。

理子纏住我的手，興高采烈地走向俱樂部內部深處。

一旁武偵高中的女生們，看到我們這樣開始私私竊語了起來。

「討厭，金次這次的交往對象是理子啊。」

「金次專攻小不點嗎？」

「他也跟星伽同學交往過，所以我想應該不是。」

喂！那邊三個。我聽得見喔。不要再加深誤會了。

我被理子推進一間雙人房包廂，內部採新藝術風格（art nouveau）的裝飾。理子讓我坐到鬆軟的長椅上，自己坐到我身旁，指著桌上的蒙布朗蛋糕和紅茶，對我眨眼。身上那件裙子宛如童話故事的公主一般。

「是我約你的，所以全部都由理子請客。」

理子說完，喝了幾口看起來很甜的奶茶，接著用那雙大眼睛凝視著我。

「哈——欽欽我問你喔，你跟亞莉亞吵架了吧？」

「那……跟妳沒關係吧。」

「有關係！欽欽要跟亞莉亞好好相處才行。」

「為啥啊？」

「不然理子就不快樂了！」

理子把叉子刺進蒙布朗蛋糕裡，拉開嘴角微笑。

她的表情告訴我那是真心話。

「來！欽欽，啊——」

她用叉子切割蛋糕，刺了一塊拿到我嘴邊。

「笨蛋，我才不要。」

「——『武偵殺手』——」

理子就像打出王牌一樣突然開口。

我瞪大雙眼。

「——妳查到……什麼線索了嗎？」

「你『啊』我就告訴你。」

這雖然讓我害羞得要死，但也無可奈何。

我吃下理子的蒙布朗蛋糕，接著用眼神威嚇她快點說。

「嘻！就是啊，警視廳裡頭有資料……過去『武偵殺手』犯下的案件可能不只摩托車和汽車挾持兩起，被害人可能也不只兩人。」

「什麼意思？」

「有所謂的『可能性事件』。有些事件看起來像意外。不過有可能是『武偵殺手』所為，最後刻意把它偽裝成意外。」

「有那種案件嗎？」

「關於這點，我找到了。有一起事故八成是這樣。」

理子從小肩包裡拿出一張四折的影印紙，彷彿在變魔術一樣將它慢慢攤開，拿到我眼前。

「——！」

我的血液瞬間凍結了。

『二〇〇八年十二月二十四日　浦賀沖海難事故　死者　遠山金一武偵（19）』

「這是你哥哥吧?我想，這個該不會是**海上挾持**吧?」

理子的聲音，聽起來離我好遠。

——「武偵殺手」。

你為什麼要這麼做?

你到底是誰?

為什麼找上大哥?

為什麼找上我們兩兄弟?

「好棒!」

理子帶有熱情的聲音，讓我回過神來。

她和我四目相對，瞇起雙眼。

「金次這個眼神好棒啊!理子渾身發冷呢。」

理子的表情彷彿因為某種東西而得到快感，將上半身靠近我。

「Je 'taime à croquer(我喜歡，好想吃了你。)入學考試的時候，我就對金次的**眼神**一見鍾情。」

「——理子?」

入學考試的時候，身處爆發模式的我輕而易舉地打倒了她。

她是在說那時候的事情嗎?

「金次！」

理子在狹窄的包廂內，動作就像野獸一般。

她突然緊抱住我不放。

事出突然，我毫無防備地被壓倒在長椅上。

「——理子！」

「金次在愛情方面真的很遲鈍呢。好像是故意裝遲鈍一樣。吶……你知道嗎？現在已經『觸發事件』囉？」

理子左右綁了兩撮的長髮，從上方整個包住了我的頭。

理子的童顏，逼近到我眼前五公分處。

她的體香和亞莉亞截然不同，有一種類似香草，又像杏仁的甜美香味。

理子靠近我的臉頰，嘴唇幾乎快碰到我，接著貼近我的耳邊。她不知在打什麼主意，咬了我的耳朵一口。好、好痛！

「嘿！金次。難得我租了這麼貴的包廂……你可以對我做一些**遊戲裡頭的事情喔**……？」

伴隨火熱難受的呢喃，理子全身向我貼近。

理、理子。原來理子是這麼性感的女孩啊。

在偵探科裡，一些有特別喜好的男生都叫她「巨乳蘿莉」，並奉她為至寶，現在被她跨在身上，我深切體會那個名詞的意思了。

她總是穿著少女品味的衣服，舉止又像小孩子，但身體卻凹凸有致，而且又很柔軟

——

「金次。在這間包廂不管發生什麼事，其他人都不會知道喔？白雪去參加S研的合宿，亞莉亞也要回英國了。聽說她要搭今晚七點的直航包機……嗯——現在大概已經在羽田了吧。所以……來跟理子做一些『好玩的』事情吧？嘻嘻！」

這誘惑太過突然且意外，我完全沒有心理準備。

當我發現時，身體的「中心」早已變得堅硬炙熱。

我已經進入爆發模式了。

「——！」

在這瞬間，我腦中閃過一樣東西。

剛才理子說的話和過去的事件，彷彿被電磁鐵吸引一般，逐漸連成一條線。

那條線的末端……

連接著一個恐怖且無法挽回的結局。

慘了！

這樣下去相當不妙。

現在必須立刻行動！

「抱歉啦——！」

爆發模式的我，將手指滑到理子的眼前，輕輕一彈。

理子眨眼的瞬間——

「小孩子差不多要回家睡覺覺囉？」

「哇！」

我抱起她嬌小的身體轉了一圈，將兩人的身體換位，讓理子躺到長椅上。

接著我起身撥動瀏海，同時衝出房間。

以爆發模式的腦袋。

5彈　歐爾梅斯

爆發模式的持續時間，因所受的刺激不同而異，但最長也只能持續幾十分鐘而已。

我抵達羽田機場第二航廈時，已經恢復到普通模式。

但我不能就此踩煞車。

假如我的推理無誤的話。

亞莉亞很快就會碰到他。和那傢伙相遇。

和「武偵殺手」！

我秀出武偵手冊上的徽章，通過辦理登機手續的地方，當然也沒通過金屬探測器，直接跑進登機門裡。

亞莉亞。

妳想回去就回去吧。

不過，妳不能再跟「武偵殺手」戰鬥。

倘若「武偵殺手」真的殺死了大哥，就憑妳一個人是絕對無法贏過他的！

大哥很強。

比任何人都強悍。而且極具智慧。實力遠超過爆發模式下的我，我倆簡直差了十萬八千里。

（亞莉亞——！）

這次可不是額頭受傷就能了事！

妳會被他殺掉。

妳會**喪命**的！

我快速穿過登機橋，衝進機門逐漸關閉飛機內。這架是班機編號ANA600的波音737—350客機，目的地是倫敦的希斯羅機場。

碰！我衝入機內後，機門在我身後應聲關上。

「——我是武偵！快停止起飛！」

我對一位嬌小的女性空服員亮出武偵徽章。她一臉驚訝。

「客、客人！抱歉，請問這到底是——」

「我沒時間跟妳說明！反正不要讓這架飛機起飛！」

空服員一臉驚慌，急忙點頭後跑上二樓。

我很想跟在她後頭，但心有餘而力不足，兩膝癱軟在地。離開強襲科後，我的體力就變差了。剛才的全力奔跑，讓我上氣不接下氣。我覺得自己一步也走不動了。

不過……這樣應該可以中止起飛了。

就在我如此思考的同時。

機體晃動了。

飛機在動！

「那、那個……沒、沒辦法。依照規定，現在這個狀況下，只有塔台管制官才能中止起飛，所以機長他……」

空服員從二樓走下，不停發抖看著我。

「混、混帳東西！」

「請、請不要開槍！話說回來你真的是武偵嗎？機長剛才對我大吼，說他沒有接到任何聯絡，為什麼要停下來。」

這、這個白癡！

現在該怎辦？

就算用槍威脅他們，也要讓飛機停下來嗎？

不，這行不通。照她剛才說的，機長根本不相信我。現在就算用威脅的方式，也沒辦法停住飛機吧。

我注視窗外，ＡＮＡ６００號班機已經進入跑道了。

現在要是強迫飛機停下，恐怕會在跑道上和其他飛機發生衝撞。

腦袋轉一下吧，金次。現在已經太遲了。

既然現在已經淪為被動立場，那就要採取被動狀況下應有的作戰方式，不然肯定會招致失敗。

——現在只有改變計畫一途。

機體飛上藍天後，繫好安全帶的警示燈熄滅。

我沒辦法，只好先讓空服員鎮靜下來，接著請她帶我到亞莉亞的座位，不，應該是套房才對。

這架飛機的客艙層，構造明顯不同於普通客機。

一樓是寬敞的酒吧。二樓的中央走道兩旁排列著門扉。

這是——前陣子我在新聞上有看過。

這架是人稱「飛行度假區」，整架飛機都是頭等艙的超豪華客機。

機內沒有座位，取而代之的是十二間類似高級旅館的套房，各個房間甚至備有床鋪和沖澡間，簡單來說，就是給貴婦搭乘的新型客機。

「……金、金次？」

在鮮花裝飾的套房內，亞莉亞的紅眼瞪得斗大，一臉驚訝。

很好。不管如何總算跟她會合了。

「……不愧是貴族大小姐啊。這機票單程就要二十萬元吧？」

我看著雙人床說完，亞莉亞從座椅上站起瞪著我。

「——你不聲不響就跑進別人房間裡，未免太失禮了吧！」

「妳沒資格這樣說我吧？」

亞莉亞大概回想起自己也曾闖進我房間來吧。

她雖然生氣卻沉默不語。

「……你幹嘛跟過來啦！」

「太陽為什麼會升起？月亮為什麼會發光？」

「吵死了！再不回答我就在你身上開洞！」

亞莉亞聽到我抄襲她的台詞，有些惱怒。她「啪」地把手放到裙襬處。

我放下心來。

太好了。她有帶槍。

「武偵憲章第二條：與委託人訂下的契約，必須確實遵守。」

「……？」

「我跟妳說好了。回到強襲科之後的最初一起事件，我會跟妳一起解決，只有一件。『武偵殺手』的事件還沒解決完吧？」

「說這麼好聽……你根本什麼都不會，完全派不上用場！」

吼！亞莉亞像小母獅怒吼般，露出犬齒。

「你快回去！多虧你的關係，我完——全明白了，我果然還是『獨唱曲』！這個世界上根本沒有人可以當我的夥伴！所以我已經決定了，不管是『武偵殺手』還是誰，我以後都要孤獨奮戰！」

「……我還真希望妳早點這麼說呢。」

我坐到房內另一張座椅上，假裝看了眼下的街道。

「……到倫敦之後你馬上回去。經濟艙的機票錢我出，就當作是分手費。你已經是外人了！不要跟我說話！」

「我們本來就是外人吧？」

「吵死了！不准說話！」

在強風之中，ANA600號班機來到東京灣上空。

亞莉亞噘著嘴，抱胸翹腳坐在座椅上，一臉不悅的樣子。

我現在已經抱持著一不做、二不休的心態。

管他要去倫敦還是哪裡，要飛就飛吧。事到如今，只有等對方出招了。

「各位旅客很抱歉。本機為了避開颱風造成的亂流，預計到達目的地的時間將會延後三十分鐘。」

機內傳來廣播，600號班機有些搖晃。

搖晃程度雖不嚴重，但——

轟隆！轟隆！

從較近的雷雲中，突然雷聲作響。

轟隆隆隆隆！

一聲震耳欲聾的雷鳴劃破天際，亞莉亞一驚，縮起了脖子。

「妳會怕嗎？」

「我、我怎麼可能會怕！像傻瓜一樣。你不要跟我說話。我聽到你的聲音耳朵就會刺痛。」

話一說完，又一陣轟隆巨響。

「呀！」

亞莉亞短聲驚叫，我看了苦笑。

嘿。原來雙劍雙槍的亞莉亞大人，也會有害怕的東西啊？而且還是雷聲。

「妳怕打雷的話，就躲到床上發抖吧。」

「囉、囉嗦！」

「要是嚇到閃尿那可就糟囉？」

「笨、笨、笨蛋！」

轟隆隆隆隆！

「——哇！」

震天的雷鳴，終於讓亞莉亞從座席上跳起。

隨後，她真的躲到床鋪上。

沒想到她居然乖乖聽話，雖然身處這種情況，但我還忍不住發笑。這傢伙搞不好真的閃尿了。

「亞莉亞——妳有帶內褲來換嗎？」

「笨蛋金次！待、待會我就在你身上開洞！」

哇哈哈。她在發抖。

轟隆隆隆隆！轟隆隆隆隆！

不知是運氣差，還是機長技術有問題。這架飛機現在飛行在雷雲附近呢。

「～～金、金次～～」

我坐在座椅上，毛毯裡傳來啜泣聲。亞莉亞終於無法忍受，伸手抓住我的袖子。

「好、好啦，別怕啦。我幫妳開電視。」

看到亞莉亞像小孩一樣不肯放手，我感到有些畏縮，拿起遙控打開電視，挑選頻道。電視上閃過最新的電影和動畫影像。

當我轉到為了年長乘客所準備的時代劇頻道時，手指停了下來。

『——我肩膀上的這片櫻花，你可別說你沒看過！』

哦……這是描寫我家祖先的古裝武打劇。

名奉行——遠山金四郎。

根據大哥的說法，他也有爆發模式的DNA——其中似乎有帶有一些暴露狂的因子，據說他只要裸露上半身，智力和體力就會急遽升高。

「好啦，妳看電視放鬆一下吧。」

「嗯、好。」

亞莉亞訂下的規則——不准跟她說話——似乎已經解禁了。

她握著我的袖子，那隻不停發抖的手既嬌小又柔弱。

這次，我真的覺得這是普通女孩的手。

假如——真的只是假如。

假如她現在是普通的女生。

那平常的我，也只是一個普通的平凡高中生。

「亞莉亞。」

我可以像這樣……把自己的手放到她發抖的小手上。

「金、金次……？」

沒錯。

至少，我能以普通同班同學的身分。以朋友的身分。

緩和她的顫抖。

猶豫了幾秒後，亞莉亞的手指正要回握我的手時——

砰！砰！

兩個短聲在機內迴盪。

這次是我們武偵高中的學生耳熟能詳的聲音，不是雷聲。是槍聲！

當我們來到狹窄的走道時，這裡已經陷入大混亂。

從十二間單人房裡走出來的乘客，和幾位空服員——名符其實的男女老少們，一臉不安地騷動著。

我往傳來槍聲的飛機前方看去，駕駛艙的門扉大開。

「！」

站在那裡的是剛才那位嬌小冒失的女空服員。

她正在將機長和副機長拖出駕駛艙。

兩位駕駛似乎出了什麼事，一動也不動。

空服員將兩人丟到走道上，我見狀慌忙拔出手槍。

「——不准動！」

空服員聽到我的聲音抬起頭，毫無特徵的臉蛋咧嘴微笑。

接著，她對我眨了一下眼睛，轉身返回駕駛艙的同時，

「Attention Please.（請注意）」

她從胸口拿出一個罐子丟了過來。

滾到我腳邊的罐子，讓我背脊發冷。

「金次！」

亞莉亞不顧恐怖的雷聲，跑出房間驚呼我的名字。

咻咻咻咻！

我聽聲音就明白。

這是毒氣罐！

沙林、索曼、泰崩、光氣、齊克隆B。我腦中閃過在強襲科學到的毒氣名稱。如果是毒性強烈的東西，那我就第一個出局了。

「——大家快回房間！把門關上！」

我把亞莉亞推回房間，一邊大喊。

在房門正要關上的瞬間，飛機突然一陣搖晃。

接著機內的照明消失，乘客們的恐怖悲鳴不絕於耳。

漆黑當中，紅色的緊急照明燈隨即點亮。

「——金次！你還好吧！」

亞莉亞擔心我的狀況跑了過來。我抬頭看她，確認自己的呼吸。

還能呼吸，眼睛也看得見。手腳也沒有麻痺的跡象。

被擺了一道。看來那氣體並沒有毒性。

「亞莉亞。那種愚弄人的說話方式……那傢伙是『武偵殺手』。他**果然**出現了。」

「……果然？你早就知道『武偵殺手』會出現嗎？」

她紅紫色的眼眸，瞪得像銅鈴似的。

我決定將我在爆發模式下閃過的推理，一五一十地告訴她。

「『武偵殺手』犯下摩托車和汽車挾持事件後，我剛剛才知道他在一起海上挾持中，又殺死了某位武偵。那位武偵恐怕跟他直接交手過。」

「……你怎麼會知道？」

「唯獨那起海上挾持，妳沒有掌握到。妳沒有攔截到電波吧？」

「嗯、對。」

「因為『武偵殺手』沒有發出電波。也就是說，他**沒有必要**對船隻進行遠距離操控。

因為他本人就在船上。」

我一直覺得很奇怪，大哥**怎麼可能會來不及逃生**。

「摩托車、汽車然後是船隻，他挾持的交通工具越變越大，但是接下來的目標卻變小了。就是我的腳踏車。再來是公車。」

「……！」

「妳懂了嗎？亞莉亞。電波根本是種訊息。妳打從一開始就在他的五指山上了。他故意陷害香苗女士，對妳宣戰。接著跟大哥——不，跟海上挾持事件那位被殺的武偵一樣，他要在『第三起』事件也就是這次，跟妳直接對決。用**劫機**的方式。」

不擅長推理的亞莉亞，不甘心地咬緊牙根。

此時，

嗶嗶——嗶嗶嗶！嗶嗶——！嗶嗶——嗶嗶—嗶……

繫上安全帶的指示燈發出警示聲，同時開始莫名地閃爍。

「……是和文摩斯……」（註10）

聽到在亞莉亞的呢喃，我在搖晃的機內嘗試解讀閃爍的燈號。

來吧　來吧　伊・幽　是　天國　喔

來吧　來吧　我　在　一樓　的　酒吧　喔

10　和文摩斯：日文的摩斯電碼。

「……他想引誘我們過去。」

「好樣的！我要在他身上開洞。」

亞莉亞吊起眉梢，拔出裙中的左右雙槍。

「我陪妳去。雖然『現在』的我，不知道能不能派上用場。」

「你不用來。」

此時雷聲轟隆作響，亞莉亞的身體一陣僵硬。

「如何？」

「……你、你還是來吧。」

我們跟著分散在地板上的誘導燈，謹慎地來到一樓。

一樓是裝潢奢華的酒吧。

在酒吧的大型吊燈下方。

有一位女性翹腳坐在吧檯邊。是剛才的空服員。

「！」

我們將槍口對準她的同時，一臉不解。

她穿著武偵高中的制服。

那件也是改造過的制服，蓬鬆且充滿摺邊。

那件像花朵一樣膨起的裙子，是**剛才理子在台場穿的東西**。

「這次，你們也漂亮地上鉤了。」

空服員說話的同時，把臉上像薄膜一樣的特殊偽裝給撕了下來。

她的真面目是——

「理子！」

「Bon soir（你好）。」

她喝了一口手上的藍色調酒，接著向我眨眼。她確實是理子沒錯。

這異常狀況，讓我陷入愕然。

在台場和我分開後，她也用那台改造偉士牌追到機場嗎？然後偽裝成空服員，利用武偵徽章潛了進來？

「用頭腦和身體戰鬥的才能，很容易遺傳呢。武偵高中裡面，有不少像你們一樣的遺傳系天才。不過……你們一族是特別的存在，『**歐爾梅斯**』。」

「！」

聽到理子口中的單字，亞莉亞彷彿被電擊到一般，僵硬不動。

歐爾梅斯？

那是亞莉亞的家名——「H」的全稱嗎？

「妳……到底是誰！」

理子看見亞莉亞皺眉，發出了冷笑。

這時窗外一道閃電，照亮了她的五官。

「理子・峰・羅蘋四世——這是理子真正的名字。」

……羅蘋……？

是那個羅蘋嗎？偵探科的教科書上有提到，他是法國的一位大怪盜。

理子是那位亞森・羅蘋的……曾孫女嗎？

「不過……我家裡的人都不稱呼我為『理子』。母親大人取的名字這麼可愛，他們卻用奇怪的叫法稱呼我。」

「奇怪的叫法……？」

亞莉亞低聲說。

「四世、四世、四世、四世大小姐。不管是誰，就連傭人都這樣稱呼理子。實在太超過了。」

「那、那又怎麼樣……**四世有什麼不好！**」

亞莉亞突然如此斷言，理子聽到馬上給了她白眼。

「當然不好！**我是數字嗎？**我只是普通的DNA嗎？**我叫理子！不是數字！**每個人都那樣稱呼我！」

憤怒的理子突然大叫。

那喊叫不是對著我們，而是在針對其他人。

她憤怒的對象不在這裡，而是在針對某個地方。

這傢伙到底是怎回事！

「要是不超越曾爺爺和爺爺，我一輩子都會被當作『羅蘋的曾孫女』。所以我才加入伊·幽，得到了**這股力量**，我要靠**這股力量**去爭取，去獲得自己！」

我完全聽不懂理子在說什麼，亞莉亞倒是一臉嚴肅。

「等等，等一下！妳到底在說什麼？歐爾梅斯是什麼東西？伊·幽又是什麼？『武偵殺手』真的是妳嗎？」

「……『武偵殺手』？啊，那個嗎？」

理子瞪了亞莉亞一眼。

「那只是序章兼遊戲而已。我真正的目標是歐爾梅斯**四世**，也就是妳，亞莉亞。」

那眼神已經不是平常的理子了。

那是野獸盯上獵物的眼神。

「一百年前，我們曾爺爺的對決最後以平手收場。也就是說，我只要打倒歐爾梅斯四世，就可以證明我贏過曾爺爺和爺爺。金次……你也要好好發揮功用才行喔？」

野獸的眼神這次轉向我。

「歐爾梅斯一族需要夥伴。初代歐爾梅斯和曾爺爺對決的時候，身邊也有優秀的夥伴。所以為了讓條件相等，我才會把你跟她湊在一起。」

「妳把我跟亞莉亞？」

「對。」

理子又回到平常輕鬆的調調，嘴角滲出笑容。

這傢伙。

平常的笨蛋理子**全都是裝出來的嗎**？還有至今的一切。

「我在金次的腳踏車上裝炸彈，還故意發出明顯的電波。」

「……妳早就發現我在追蹤『武偵殺手』的電波嗎！」

「當然會發現。妳總是大搖大擺地進出通信科嘛。不過，金次好像沒什麼幹勁，所以我才挾持公車，好讓你們兩個合作。」

「公車挾持也是妳做的嗎？」

「金次。武偵不管有什麼理由，都不能把手錶交給別人喔？要是看到失準的時間，可是會趕不上公車的喔？」

手錶——理子先前在溫室是故意弄壞我的手錶嗎？

然後藉口要修理，把它拿回去暗中做了手腳。

因為這樣，那天我才沒趕上7點58分的公車。

「這一切……全都照著妳的計畫走嗎！」

「嗯——不盡然是如此，也有東西出乎我意料之外。我挾持腳踏車讓你們相遇，再挾持公車讓你們組成小隊；但我沒料到，最後居然沒把你們湊在一塊。讓我意外的是，沒想到金次要知道是我解決了你大哥之後才肯行動。」

大哥。

「……我大哥是妳……是妳殺的嗎！」

大哥。

我對憧憬、尊敬的對象。

大哥居然被她！

我知道自己體內的血液現在正直衝腦門。

這是我的弱點。

一提到大哥的事情，我就無法冷靜下來。

「嘻！亞莉亞妳看。妳的夥伴正在生氣喔？跟他一起戰鬥吧！」

理子。妳不愧是怪盜羅蘋四世。

這裡也完全按照妳的劇本走嗎！

「金次。我告訴你一個好消息。就是啊，你的大哥現在是理子的男朋友呢。」

「妳說夠了沒有！」

「金次！理子她想要激怒我們！你快冷靜下來！」

「這叫我怎麼冷靜！」

我絕不允許她再繼續汙辱死去的大哥！

我情緒衝動，緊握住右手的貝瑞塔。

在這瞬間，飛機再度劇烈搖晃。

「！」

「哎呀呀～」

當我回過神時，我右手上的貝瑞塔已經消失無蹤。

幾聲空虛的聲音，壞掉的手槍七零八落地掉在我正後方的地板上。

我只看到眼前有一把小手槍——華爾瑟P99正對準這裡，還有理子的笑容。

「NO、NO。這樣不行的，金次。現在的你，在戰鬥方面完全幫不上忙。而且歐爾梅斯的夥伴，本來就不是用來戰鬥的。你要從外行人的角度來給予提示，激發出歐爾梅斯的能力才行。這才是你的工作啊。」

理子一臉陶醉地高談闊論，亞莉亞趁隙而動。

宛如一頭嬌小的獅子。

她腳一蹬地，馬上架起雙槍開始攻擊。

她可能是看到對方的武器，才會判斷猛攻的方法可以奏效吧。

武偵身上總是穿著防彈衣，在接近戰當中，手槍子彈無法成為一擊必殺的突刺武器。而是打擊武器。

這麼一來，一切就要靠總彈數來決勝負。

倘若理子的膨裙裡頭還有一把可以裝20～30發子彈的烏茲，那情勢或許對她有利，但現在她手上那把華爾瑟P99通常只能裝16發子彈。

相較之下亞莉亞的Government是7發。如果預先上膛，或是手動從排彈口塞入子彈，就再可以多1發子彈。

她用雙槍，所以最多會有16發子彈。這樣一來就旗鼓相當了。

然而，

「亞莉亞，不要以為只有妳會用雙槍喔？」

理子丟掉手中的調酒杯，手往裙內一伸。

她又掏出了一把華爾瑟P99。

「！」

但亞莉亞已經無法就此罷手。

砰、砰、砰！

亞莉亞從極近距離，開始對理子開槍。

「嗚……可惡！」

「啊哈、啊哈哈哈！」

亞莉亞和理子兩人，在近距離用手槍打鬥，想要瞄準彼此。

武偵法第九條。

武偵不論在任何情況下，都不得在武偵活動中殺害任何人。

為了遵守這項規定，亞莉亞不能瞄準理子的頭部。

而理子也沒有瞄準亞莉亞的頭部，似乎刻意在配合她。

亞莉亞和理子的手互相交錯，宛如在格鬥一般。

武偵之間的近距離手槍戰，必須躲開對方的射擊線，或者是把對方的手架開。

砰！砰、砰！

射出的子彈無法捕捉到雙方嬌小的身體，不停打進牆壁和地板。

「喝！」

子彈用盡的瞬間，亞莉亞用兩腋夾住理子的雙手。

兩人的姿勢就像相擁一般，理子停止了射擊。

很好，格鬥的話對亞莉亞比較有利！

「金次！」

不用等亞莉亞出聲我也明白。

我拿出大哥的遺物——蝴蝶刀在手中旋轉打開。

在緊急照明下，刀身發出紅色亮光。

「到此為止了，理子！」

我一邊小心理子伸在亞莉亞背後的手槍，同時慎重靠近時，

「雙劍雙槍，還真巧啊，亞莉亞。」

理子開口說。

「理子跟亞莉亞有很多相似的地方。血統、可愛的外型，還有……外號。」

「？」

「我的外號跟妳一樣，是『雙劍雙槍的理子』。不過呢，亞莉亞，」

我的腳步止住了。

眼前這難以置信的詭異景象，讓我本能性地停了下來。

那是什麼東西！

「妳的雙劍雙槍還不是真貨。妳還不知道**這股力量**！」

微笑的理子，頭上兩撮頭髮的尾端開始動了起來，就像神話故事中梅杜莎的頭髮一樣。

頭髮握住藏在理子身後的刀子，朝亞莉亞襲去。

「！」

亞莉亞雖然驚訝，但還是閃過了第一擊。

但另一撮頭髮揮出的第二刀，卻讓她鮮血飛散。

「嗚！」

亞莉亞的身體突然後仰。

她的側頭部被砍中。紅色的鮮血不停自傷口迸出。

「啊哈……啊哈哈……曾爺爺。沒想到一百零八年的歲月，居然會讓雙方的後代在實力上有這麼明顯的差距。妳完全不是對手。妳不要說夥伴了，就連自己的『能力』都不會用！我會贏！我會贏妳！理子今天就要變成理子了！啊哈、啊哈哈、啊哈哈哈哈哈！」

她又莫名其妙地大叫，同時用頭髮把亞莉亞撞飛。

那頭髮居然有這等怪力，亞莉亞輕易就被撞飛，像一條破抹布一樣滾到我的腳邊。

「亞莉亞……亞莉亞！」

亞莉亞緊閉雙眼，臉蛋被鮮血染紅，即使如此她還是緊握手中的武器。

理子頭髮尾端的刀子沾到鮮血，她美味地舔了刀子一口。

難以置信……

這傢伙是怪物。

要趕快帶著亞莉亞逃走才行！

理子一陣大笑，在我身後說：

「哇哈哈哈哈！我說在這狹窄的飛機上，你們能躲到哪去呢？」

好一陣子沒對亞莉亞用公主抱了，現在她的體重輕得叫人難過。

人類這種生物，被人抱起的時候如果全身僵硬或掙扎，體重感覺起來就會比實際還重。

現在亞莉亞逐漸昏迷，所以全身虛脫。

我逃回剛才的套房，接著讓亞莉亞躺在床上。

接著先用房裡備好的毛巾，擦拭她鮮血直流的臉蛋。

「嗚……」

亞莉亞呻吟。她太陽穴上方，頭髮裡頭有一道很深的割傷。

慘了，顳淺動脈被割傷了。

雖然沒有頸動脈危險，不過還是要快點止血！

「振作點……傷口很淺！」

我用夾在武偵手冊裡的止血繃帶，不管三七二十一先塞住亞莉亞的傷口。但止血繃帶只是利用上頭的凡士林暫時止血而已，只能治標無法治本。

亞莉亞也知道這一點吧。她用無力的笑容回覆我。

「亞莉亞！」

我半自暴自棄地，將手指伸進武偵手冊的筆架內。從那裡抽出一支寫著「Razzo」字樣的小型針筒。

「我幫妳打 Razzo！妳沒有過敏吧？」

「……沒……有……」

Razzo 是一種具有回神和止痛效果的復活藥物，相當於腎上腺素和嗎啡的融合體。

「Razzo 要直接打在心臟上。妳有聽到嗎？這是情非得已的。」

我聲明完後，上床跨坐在亞莉亞嬌小的身軀上。

接著，把手放到她水手服的胸口處。

「你……你要是敢……亂來……就開洞……」

「好好，妳要快點好起來，才能在我身上開洞！」

我粗魯地拉下上衣的拉鍊，左右拉開衣服。

「嗚……」

亞莉亞輕微顫抖。

她撲克牌花紋的內衣出現在我眼前。

有如白瓷器般的肌膚。少女可愛的胸部上，一塊單薄的布料成了最後一道防線。

我心頭一陣抽動。

這時候我實在太不謹慎了。

可是，嗯啊，該死。為何這傢伙全身上下都這麼可愛呢。

「亞莉亞……！」

我發抖的手指，放到亞莉亞雪白的肌膚上。

接著手指在她袖珍的嬌小身體摸索，找到了胸骨。

這裡的兩指上方，就是心臟。剛好在前扣的附近。

「金、金次……」

「不要動！」

「我……我好怕……」

我聽著她氣若游絲的聲音，用嘴巴咬開右手針筒的蓋子。

「——亞莉亞，妳有聽見嗎！我要打了！」

亞莉亞沒有回答。

一動也不動。

她的心臟停止了跳動。

亞莉亞！

「——快回來！」

滋——

我將針筒刺下。

猶豫就會失敗。所以我毅然決然，將藥劑打進亞莉亞的心臟。

「——！」

亞莉亞痙攣抽動。

強烈的藥效令她五官扭曲。

但不知為何，我居然覺得她這樣十分可愛。

因為她還活著。她活過來了。扭曲的五官就是她活著的證明。

「嗚……！」

亞莉亞大吸一口氣，張開小嘴不停抖動。

狀況怎樣……？

逐漸起死回生的亞莉亞，蒼白的肌膚逐漸恢復成粉紅色，呼吸也慢慢增強。

接著……

「——啊！」

她像在拍殭屍電影一樣，上半身坐起。

「這……咦！怎、怎、怎怎、怎麼回事！這是什麼狀況！我、我的胸部！」

藥效的關係，似乎另亞莉亞的腦中混亂，失去部分的記憶。

「金、金次！又是你幹得好事吧！這……這種胸部！你為什麼會想看！你想諷刺我嗎！反正我就是小！永遠都不會長大！身高也是永遠的一四二公分！」

混亂狀態的亞莉亞不光是臉蛋，全身上下都跟水煮章魚一樣紅通，接著伸手想把上衣拉好。這時，她注意到刺在胸前的針筒。

「呀！」

她驚叫，爽快地把針筒拔掉。我想聽到這叫聲，應該不會有人認為她是正值花樣年華的女高中生。

「就、就是那個，亞莉亞！妳剛才被理子打傷，我才會用Razzo——」

「理……理子！」

亞莉亞粗魯地整理好衣服後，抓起床鋪上的雙槍。

隨後帶著兇狠的表情，搖搖晃晃地想走出房間。

——糟糕。

Razzo是復活藥物，同時也是興奮劑。

亞莉亞可能是容易吸收藥效的體質，她現在失去了理智。

她無法正確判斷自己和理子之間實力的差距！

「等一下，亞莉亞！用正攻法是贏不了她的！」

我擋在門前，連手帶槍地抓住亞莉亞的雙手。

「那我不管！放、開、我！你就躲到一邊去發抖吧！」

亞莉亞的雙手被我握住，露出像獠牙般的犬齒大聲喧嚷！

「安……安靜點，亞莉亞！妳這麼大聲，理子就會知道我們在同一個房間，而且還起內鬨。」

「我沒關係！反正我是獨唱曲！我會一個人解決理子！而且話說回來，原本你就不應該來幫我！」

亞莉亞眼梢上挑的雙眼瞪著我，那紅色的眼眸十分亢奮。

這樣下去不行。我沒辦法讓她冷靜下來。

「你很討厭我吧！你自己有說過！去青海的時候！去找貓之前！那句話我還記得！」

唉，該怎麼做她才會安靜下來呢。

這用娃娃聲大吵大鬧的嘴巴，必須想辦法塞住它。可是，我雙手現在抓著亞莉亞的槍，絕對不能放開。

要是放手，這傢伙一定會對我開槍，馬上跑出屋間吧。

——必須想辦法突破這僵局——

——方法不是沒有。

我還有**最後的手段**，可以直攻亞莉亞的弱點。

可是這麼做的話，我——

我肯定會進入**爆發模式**。

爆發模式讓我吃盡苦頭，還讓大哥自滅。

我不想讓任何人——特別是女生看到我變成那樣，更不想主動變成那樣。

可是……可是！

可是現在已經是逼不得已。

繼續僵持下去，理子馬上就會找到這裡。不，她現在搞不好就在房門前了。

她聽到我們在爭吵，想必會覺得：要收拾掉我們不費吹灰之力吧。

她的判斷恐怕是正確的。

手無寸鐵的我不用說，就連亞莉亞也會遭到她的毒手！

「我還記得！你說你最討厭的人就是我！那時候我雖然裝作不在乎的樣子，但是我一直把你當作夥伴的候選人，結果你卻對我說那種話，那時候我真的很心痛——」

啊啊，亞莉亞。

——原諒我！

「所以不用了！你要討厭我就討厭我吧！你要討厭我——」

我塞住了亞莉亞正嚷著的嘴巴。

用我的**嘴唇**。

「————！！！」

亞莉亞紅紫色的雙眼，驚訝得就快彈出眼眶。

這位戀愛白癡的小不點，被我拼死一吻——

跟我料想的一樣，她整個人僵住了。

她不只安靜下來，雙手的前端就像石化一般整個僵硬。

——啊啊，而且這個方法是雙面刃——

亞莉亞的櫻桃小嘴，柔軟好比櫻花的花瓣……和我的嘴唇相比，還帶了幾分炙熱。

我心裡明白這一吻已成了火種，火焰逐漸在我的全身擴散。

身體的「中心」不停腫脹變硬，一種熟悉的刺痛感。

那火熱的溫度彷彿快灼傷我，我甚至感覺有東西快要從「中心」飛迸而出，叫我難以忍耐。

——好厲害。這麼猛烈的爆發模式……我還是生平頭一遭！

——嗚哈！

我們分開嘴唇，同時呼吸。

好長的一吻啊。因為我倆都僵住的關係。

「亞莉亞……原諒我。我別無他法。」

「……你……你、你這……」

亞莉亞……渾身無力地，當場癱坐在地上。

「笨、笨、笨蛋金次！都、都什麼時候了，你……你還做這種事！那、那、那，嗚哇……那是我的初吻耶！」

當下我以為她又要大鬧了，但似乎不是如此。

從她喉嚨裡迸出的哭聲，相當嘶啞無力。

「妳放心吧，我也是啊。」

「笨蛋……！你、你要負責……！」

亞莉亞抬頭看我，淚眼汪汪，身體就像小動物般不停發抖。

爆發模式下的我蹲了下來，讓視線與她齊高。

「我會的，我會負責到底。不過，現在要先辦正事。」

「……金次……！你又……」

她似乎察覺到，我的聲音明顯比剛才還要鎮定且低沉。

亞莉亞瞪大雙眼，似乎想起什麼都東西似的。恐怕是我們初次見面的事情吧。

我將嘴角靠近她另一邊沒受傷的臉蛋，貼近她的耳邊。

接著呢喃說：

「武偵憲章第一條：同伴之間要互信互助。我相信亞莉亞。所以妳也要相信我，把我當成**誘餌**吧。知道嗎？我們兩個要同心協力，逮捕『武偵殺手』。」

我微笑。

「BAD　END的時間到了。呵呵！呵呵呵！」

理子不知從哪找到備用鑰匙，打開套房的門走了進來。

接著，她就像在使用雙手一樣，用握著刀子的頭髮把門關上，同時左右手拿著槍對

「我一直在等你們吵完架自己跑出來送死。結果好像落空了，所以理子就登場啦。

啊……」

理子也注意到我的表情相當冷靜，判若兩人。

理子看起來十分高興，不停碰撞雙手的手槍和髮上的刀子，發出鏗鏘聲響。

「啊哈！你跟亞莉亞**做了什麼**？真了不起，在這種情況下。呵呵呵！」

這傢伙。

她知道嗎？

知道我進入爆發模式的契機。

「亞莉亞呢？她該不會死了吧？」

理子用頭髮的刀子指著床鋪說。

床鋪上的隆起是枕頭和毛毯堆成的東西，目的是要假裝有人在那裡。

「你猜呢？」

我瞄了旁邊的沖澡間一眼，眼尖的理子注意到也看了過去。

「啊——？這樣的金次好棒，讓我心頭抽動。我怕自己會太興奮，不小心殺了你。」

「妳儘管放馬過來。不然被殺的人會是妳。」

我低聲說完，理子彷彿快暈眩一般，拿槍對準我。

「真是太棒了。我愛你，金次。讓我看看歐爾梅斯夥伴的能耐吧。」

當理子正要扣下扳機時，

我拿出預先藏在床鋪旁的緊急用氧氣瓶，當作盾牌。

「——！」

要是開槍就會爆炸。

到時候不光是我，理子也無法全身而退。

理子自己也知道，因此她的手瞬間停住了。

這一瞬間就已經很足夠。

我把氧氣瓶丟向理子，同時朝她撲去。

只要貼近她，我就可以靠體格壓倒她。

我打開藏在手中的蝴蝶刀，發出「鏘」的一聲。

「——！」

就在理子皺眉的瞬間。

「嗚！」

飛機似乎闖進了下降氣流，突然激烈地搖晃。

運氣真差，事情又再度出乎我意料之外。就連爆發模式下的我也沒有算到。

我的腳猛烈搖晃，失去了平衡。

但我的眼睛卻清楚看見，微笑得理子在斜傾的房間裡，拿著華爾瑟Ｐ99瞄準了我的額頭。接著。

——！

從那槍口射出的鉛彈，朝著我飛來。軌跡清楚可見。

我閃不開，朝左朝右都不行。

我絕對無法閃避。

既然如此！

鏗鏘！

我用蝴蝶刀，把子彈給斬斷了。

……我對自己的所為也感到驚訝。

這次的爆發模式真的很厲害。

斬斷子彈。老實說，我原本也只有五成的把握。

——我聽到斷成兩半的子彈，打進了左右兩旁的牆壁中。

理子瞪大雙眼，驚訝中帶有點感動。在這瞬間，我拔出亞莉亞借我的黑色Government，瞄準理子。

「不准動！」

「我會朝亞莉亞開槍喔！」

理子判斷自己在這個姿勢下來不及用槍指著我，於是將華爾瑟對準沖澡間時。

蹦！

藏身在天花板行李箱的亞莉亞應聲跳出，在空中翻滾的同時，用白銀色的Government「砰、砰」兩聲，準確地打落理子左右手的華爾瑟。

「！」

接著，亞莉亞在空中丟掉手槍，電光石火地拔出身後的兩把日本刀。

「——呀！」

理子轉頭的同時，左右兩撮頭髮被瞬間切斷。

茶色捲髮綁成的頭髮，和髮尾緊握的刀子同時落地。

「嗚──！」

理子把雙手放在自己的側腦，第一次發出焦躁的聲音。

亞莉亞收起日本刀，俐落地撿起手槍。

「峰・理子・羅蘋四世──」「──我要以殺人未遂的現行犯逮捕妳！」

我和亞莉亞同時用銀黑雙色的 Government 指向理子。

理子露出意有所指的笑容，交互看了我和亞莉亞。

「原來是這樣啊。床鋪和沖澡間都是幌子。真正的亞莉亞利用嬌小的身材，躲在行李箱裡。太厲害了。如果步調不一致，是做不到這種雙重偽裝的。」

「雖然非我所願，不過畢竟我們一起生活過。就算不一致也都一致了。」

「你們兩位可以覺得驕傲喔，理子第一次被逼到這種地步。」

「不是逼，現在已經死棋了。」

「死棋嗎？」

理子厭惡地說完，頭上所有的頭髮開始蠢動。

這異常的景象，讓我們的對應慢了半拍。

──她在頭髮裡面……好像在操作什麼東西！

「住手！妳在做什麼！」

我踏出一步，想要抓住理子。

就在此時。

機體又大幅搖晃傾斜。飛機在急速下降！

亞莉亞失去平衡，撞到牆壁上。

我光不讓自己倒下，已經很勉強了。

「ＢＹＥ　ＢＹＥ！金次。」

理子說完的瞬間，如脫兔般跑出了套房。

我就覺得奇怪。這飛機搖晃的時機實在太巧，剛好都讓理子撿到便宜。

那傢伙的頭髮裡面大概藏有遙控器，她一直在遙控。

ＡＮＡ６００號班機在颱風的雲層中，以驚人的速度持續下降。

她降低高度到底是何居心。

我聽著乘客的悲鳴跑過走廊，接著下樓。

理子在酒吧的角落，背部倚窗而立。

「在這狹窄的飛機上，妳能躲到哪去呢？小松鼠。」

我把剛才理子說的話還給她，一邊用 Government 對準她。

「嘻！金次，你最好不要再靠近我喔？」

理子露出皓齒。

牆壁上有幾個黏土狀的東西，像圓圈一樣圍繞著理子。那恐怕是炸彈。

「如你所知，『武偵殺手』是炸彈狂。」

看見我停下腳步，理子微微撩起裙子，虛情假意地對我鞠了一個躬。

「吶！金次。要不要來這個世界的天國——伊・幽啊？我還可以多帶一個人走，讓我帶你去吧。那個啊，伊・幽裡面——」

理子的目光突然銳利了起來。

「**你大哥也在喲？**」

這傢伙。又扯我大哥。

「妳……最好不要再激怒我。聽好了，理子。妳要是敢再扯到我大哥一句，我可能會太過激動，**不小心打破第九條的規定**。這樣對大家都沒有好處吧？」

武偵法第九條。

武偵不論在任何情況下，都不得在武偵活動中殺害任何人。

「啊！那可不妙。我還想要金次繼續當武偵呢。」

理子對我送秋波後，突然用雙手抱住自己。

「那麻煩你也跟亞莉亞說一聲，我們隨時歡迎兩位的加入。」

碰！

理子突然引爆身後的炸彈。

「——————！」

牆壁上開了一個圓形的洞。

理子從那個洞跳了出去。在沒有降落傘的情況下。

「理……」

我想大叫她的名字，但卻做不到。

酒吧的空氣一股腦朝洞口噴去，彷彿有人在外頭抽引一般。

機內警報大響，氧氣面罩從天花板上像雪崩似地落下。

酒吧裡所有的東西，都被吸到洞外。

紙和布、酒杯和酒瓶。還有我。

「——————！」

我緊抓住釘死在地板上的凳子，天花板上自動灑下滅火劑和矽紙。那些有如黏蟲膠的薄紙，在空中相互黏貼，像蜘蛛築網一樣慢慢塞住理子炸開的洞口。

我抓住手邊的機窗，向外看去。

在些許的月光下，我看見理子在空中翻滾，有如在跳舞般逐漸遠去。

接著我看到理子拉開背上的緞帶，那一套布量厚實的上衣和裙子，轉眼變成了一副不怎麼美觀的降落傘。

我最後看見身上只剩內衣褲的理子朝我揮手，接著消失在雲端當中。原來如此，她原本就打算從飛機上逃走，所以才把飛機降到這個高度嗎。

「——！」

理子消失的瞬間，

有兩個光點以驚人的速度穿越雲空，朝著這架飛機衝來。

我在爆發模式下的眼睛，捕捉到它們的身影。

——怎麼會。

怎麼可能！

——是飛彈！

轟隆隆隆隆！

伴隨轟天巨響，前所未有的劇烈震動朝ANA600號班機襲來。

這明顯不同於陣風和落雷，機體彷彿被巨大的鐵槌敲了兩下。

「——！」

我拼死抱住機窗。

接著，抱著祈禱的心情往機翼的方向看去。

ＡＮＡ６００號受到宛如惡夢般的連擊，但還是堅持了下來。

飛機有四具噴射引擎，左右翼各兩具，雖然最內側的兩具被飛彈擊中，但外側剩下兩具並沒有受損。

飛機雖然拖著像鮮血一樣的濃煙，但還是勉強維持飛行。

剛才機內急速減壓，我現在依舊有些頭暈。

不過，我必須盡快趕到操縱室。

ＡＮＡ６００號雖然撐過了飛彈的攻擊，但它現在依然急速下降。

機長和副機長似乎被理子的麻醉彈給擊中，依舊是昏迷狀態。

「——慢死了！」

亞莉亞從他們身上找到感應ＩＣ卡，進到了駕駛艙裡，聽到我進來後，回頭對我齜牙大叫。

她的腳邊有一個奇妙的機器，那東西類似之前電動滑板車的槍座。剛才理子就是利用頭髮內的遙控器來操控它，藉此遙控飛機。現在它被亞莉亞拆下，變成了殘骸。

亞莉亞讓嬌小的身體坐上駕駛座，握住方向盤形狀的操縱桿。

「亞莉亞，妳會開飛機嗎？」

「輕型飛機我開過。不過我沒開過噴射機。」

亞莉亞一邊說，同時大膽地拉動操縱桿。看到這一幕不免讓我心想：這樣拉真的沒問題嗎？

ANA600回應操縱，宛如大夢初醒般抬起了機首。

「上下左右的話還有辦法。」

「降落呢？」

「沒辦法。」

「——是喔。」

我知道機體恢復到水平狀態。

我將視線挪回雨水流過的機窗，這架飛機的高度叫人捏了把冷汗，幾乎是貼在海平面上飛行。

高度大概才300公尺左右。好險，差點就墜機了。

我坐到另一張椅子上尋找無線電，接著將聲音從無線耳機切換到喇叭上。

『——31回應。重複一次，這裡是羽田塔台。ANA600號班機，請用緊急通訊頻道127·631回應。重複，127·631。收到請回答。』

聽到聲音了。我把安裝在儀表上的麥克風開啟。

「——這裡是600號班機。我們剛才被劫機，現在已經取回控制權。機長和副機長受傷了。現在是由乘客裡的兩名武偵負責駕駛。我是遠山金次，另一位是神崎·

H．亞莉亞。」

塔台聽見我的回應，傳來了安心和驚訝交雜的聲音。很好。總之先和塔台聯絡上了。

我接著用左手按衛星電話，這是剛才從機長的腰上借來的東西。這電話外型和手機很像，可以藉由人工衛星，讓不管你在地表的某處，或是在多快的飛機上都能夠撥打電話，船隻在通訊方面也常用到它。

按下撥話鍵的同時，我用藍芽把電話聲接到喇叭上。

爆發模式還沒消退。該處理的事情，井然有序地浮現在我的腦海中。

「你打給誰？」

亞莉亞的問題，電話一頭的聲音透過喇叭替我回答了。

『喂！』

「武藤，是我。抱歉用奇怪的號碼打給你。」

『金、金次嗎！你現在在哪裡！你的女朋友遇到大麻煩了！』

「她不是我女朋友，如果你說亞莉亞的話，她現在在我旁邊。」

武藤剛氣。車輛科的優等生。

我跟這傢伙的孽緣，終於有派上用場的一天。

『什……你！你到底在幹嘛！』

「女……女朋、女朋！」

聽到自己被說成是我的女朋友，亞莉亞的紅臉症候群又再度發作。

她似乎想抱怨，所以我用食指抵住她的嘴唇。

「……！」

亞莉亞的臉蛋越來越羞紅，不過她暫時僵住安靜了下來。

「武藤。你居然知道劫機的事情。電視有報導嗎？」

『早就鬧得滿城風雨了。好像是某位旅客用機上的電話報警。通信科很快就發佈乘客名單了，上頭有亞莉亞的名字，現在大家正好集合在教室裡呢。』

——我對羽田塔台和武藤做了簡單的狀況說明。飛機被挾持，犯人跳機逃走。以及兩具引擎被飛彈擊中損毀。

『ANA600號，你們暫時可以放心。那架B737—350是最新技術的結晶。就算只剩下兩具引擎也沒有大礙，一樣可以飛行，不管天候再怎麼惡劣都不會影響到這個優點。』

聽到羽田塔台的話，亞莉亞稍微有些放心。

『對了，金次。你剛才說內側的兩具引擎被炸爛了對吧？快告訴我油料表上的數字。EICAS（註11）——在中間稍微上面一點的四角形畫面裡面，有一個2行4列的圓

11　Engine Indication and Crew Alerting System的縮寫。發動機讀數暨組員警報系統。

形儀表，下面有三個寫著 Fuel 的讀數器，中間那個 Total 的數值是多少？』

不愧是交通工具宅男。武藤彷彿看著儀表板在說話一樣。

「數字——現在是540　。好像慢慢在減少。現在是535　。」

武藤聽到我的回答啐了一聲。

『該死……油料漏得太快了。』

「漏油？快教我怎麼停止它！」

亞莉亞發出歇斯底里的聲音，過了片刻之後。

『沒辦法。簡單來說，B737—350內側的引擎同時也是油料的擋門。那邊如果被破壞，不管關閉哪裡都無法阻止油料外洩。』

「那、那還可以飛多久？」

『現在問題不是油料剩多少，而是漏油的速度太快了。這數字叫我很難啟齒……大約只能再飛十五分鐘。』

「不愧是最新技術的結晶啊。」

我對羽田塔台發牢騷說。

『金次，剛才我問過通信科了，你們的飛機從剛才開始就一直在相模灣的上空盤旋。現在你們在浦賀水道的上空。快返回羽田。從距離上來看只有那裡能去了。』

「我本來就這麼打算了。」

亞莉亞回答武藤。

『……ＡＮＡ６００號，你們現在的操縱狀況怎樣？千萬不要關掉自動駕駛。』

「自動駕駛早就被破壞了。現在是我在駕駛。」

亞莉亞用眼神示意儀表板。上頭寫著 Autopilot 字樣的燈號正在閃爍紅光，同時還不停發出同樣頻率警示音。

雖然我不是很懂，不過亞莉亞說的大概沒錯吧。

「——就是這樣，你們可以教我們怎麼降落嗎？」

我詢問塔台後，

『……外行人恐怕沒有辦法馬上學會……不過，我們現在正準備和你們附近的飛機做緊急通訊。我們會找在同型機種上，有足夠飛行經驗的機長——』

「已經沒時間了。希望你可以一次讓我們和附近空域所有的飛機做通訊。辦得到嗎？」

『辦、辦是辦得到……但是為什麼要這麼做？』

「我要讓大家分工合作，一次把降落的方法告訴我。武藤你也來幫忙。」

『一次？金次你可不是聖德太子啊！』（註12）

「『現在的我』做得到。可以馬上幫我嗎？畢竟現在已經沒有時間了。」

12　據說聖德太子一次可以聽十個人說話。

我知道亞莉亞現在的眼神十分驚訝。

她似乎想說什麼，我眨眼讓她安靜下來，接著把視線拉回前方。

雲層下——暴風雨劇烈的前方，我看見黑色海洋的另一端，東京圈所發出的光輝。

我們朝向那裡，幾乎是以突入的方式衝去。

一次聽十一個人講解，我馬上就明白降落的方法。

現在儀表板我也會看了。

目前高度是一萬英呎——大約是三百公尺。

不管怎麼想這高度都很危險，但我們連一公尺都沒辦法拉高。因為我們只能再飛行十分鐘，現在一滴燃料都不容浪費。

當我們飛經橫須賀上空，

『ＡＮＡ600號。這裡是防衛省航空管理局。』

羽田的喇叭裡傳來粗野的聲音，我和亞莉亞四目對望。

防衛省……？

『我們不允許你們降落羽田機場。機場目前在自衛隊的封鎖下。』

『你在說什麼鬼話！』

大叫的不是我也不是亞莉亞，而是武藤。

『你是誰？』

『我是武藤剛氣，是一個武偵！600號班機現在正在漏油！只能再飛行十分鐘！沒有其他的降落地點了，只能降落在羽田！』

『武藤武偵，你對我大吼也沒用。這是防衛大臣的命令。』

我驚覺窗外傳來一股險惡的氣息，轉頭望去。

亞莉亞也跟我一起轉頭看窗外，我知道她倒抽了一口氣。

ANA600號的窗外有一架F—15J鷹式戰鬥機。

航空自衛隊的**戰鬥機**就緊貼在我們飛機旁。

「喂，防衛省。我在機窗外看見你的朋友……」

『……那是誘導機。請你們遵從誘導，出海往千葉方向飛行。它會誘導你們到安全的降落地點。』

亞莉亞按照指示，將操縱桿往右，準備讓飛機朝海上飛行。

我切斷和羽田的通訊，並從上方握住亞莉亞的手，阻止了她。

「……不要出海，亞莉亞。那傢伙在說謊。」

「？」

「防衛省不認為我們可以平安降落。他要我們到海上，是想擊墜我們。」

「怎、怎麼會……！這架飛機上也有一般市民啊！」

「我們要是墜毀在東京，那可就是大空難了。所以這是不得已的選擇。」

我握著亞莉亞的手往左邊推，讓飛機朝橫濱方向飛行。

「欸……金次？」

亞莉亞的指尖些許僵硬，抬頭看我。表情不安的視線中帶著依賴。

「既然他們如此打算，那我們就拿人質來當擋箭牌。亞莉亞，飛往陸地吧。」

ANA600號飛越橫濱的港未來，進入東京都。

油料還剩7分鐘。

「你想在哪裡降落啊？金次。都內沒有其他的跑道了。」

「武藤。這架飛機降落大約需要多長的跑道？」

『如果是兩具引擎的B737—350……大概需要二四五〇公尺吧。』

「……你知道你們那邊的風速多少嗎？」

『風速？蕾姬，學園島的風速現在多少？』

『我的體感來看，五分鐘前是南南東風，風速四十一點二公尺。』

狙擊科蕾姬的聲音，離話筒稍微有些距離。

「那武藤，如果在風速四十一公尺下逆風降落，滑行距離會變多少？」

『……嗯……大概會縮短為二〇五〇公尺。』

「相當剛好啊。」

我低聲呢喃，亞莉亞和武藤一時間沉默不語。

「你、你想要在哪降落啊？東京沒有這麼長的直線道路啊。」

「武偵高中的人工浮島，妳記得它的形狀嗎？它是一個長方形，南北長兩公里，東西寬五百公尺。如果利用對角線，最遠距離就會達二〇六一公尺。」

『不、不是吧……』

「你放心吧，武藤。我不是要衝進『學園島』。」

『……？』

「我要降落在『空地島』上。彩虹橋的北邊，不是還有一個相同的人工浮島嗎？」

『……喂、喂！你這傢伙……怎麼會想到這麼驚人的主意？現在跟我對話的人真的是金次嗎？』

「哈哈……妳說是誰呢？亞莉亞。」

「為、為什麼要我回答？」

「妳說看看嘛？」

爆發模式的我，現在是挑逗亞莉亞的時候嗎？

我在內心吐嘈自己，而亞莉亞的紅臉症候群又開始發作。

接著她瞪大上翹的眼梢，似乎在想該如何回嘴。

但她似乎明白，現在這裡負責控場領導的人是我。

這位高傲的大小姐挪開了臉蛋，冷漠地說：

「是金次。」

態度就像一個輸給大人的小孩一般。

「很可惜似乎是這樣，武藤。」

涉谷和原宿的夜景，自眼前流逝而去。

街上的人們，應該都很吃驚吧。

『……人工浮島……嗎。理論上來說是可行啦。』

武藤的回答中夾雜了嘆息。

亞莉亞僵硬的表情，頓時開朗了起來。

『不過，金次。那邊真的只是普通的浮島。別說誘導裝置，就連誘導燈也沒有。不管是哪一種飛機，要夜間降落最少都要有誘導燈才行。而且現在外頭下著大雨，能見度非常差，再加上又有暴風。要手動在那邊降落實在太──』

我打斷武藤的抱怨，轉頭問亞莉亞。

「那我們不要降落，跟我一起殉情吧?亞莉亞。」

「要、要我跟你一起殉情，我死也不要。」

她說一邊說，一邊「咘」地伸出舌頭。這話聽起來似乎有些矛盾。

「哈哈！我真高興。我和亞莉亞第一次意見相同。」

「什麼啊？」

「我也不想殉情。我不想讓亞莉亞死掉。」

我說完，亞莉亞低下頭，表情彷彿在說：「討厭啦！你幹嘛說這個！」臉頰又再度變紅了。

「所以就是這樣了，武藤。本機現在開始準備降落。」

『等一下，金次。「空地島」在下雨，地面很潮濕！二〇五〇公尺是停不下來的！』

「我會想辦法的，相信我。」

『……啥……隨便你啦！萬一失敗的話我就輾死你！』

武藤似乎怒了，大吼回答完後開始對教室裡的眾人大叫，接著掛掉電話。

ＡＮＡ６００號避開新宿的大樓群，開始像右大幅盤旋。

還剩下三分鐘。

６００號必須減速才能降落在短跑道上，也因為這個理由，它飛越東京巨蛋的速度悠然得叫人急躁，接著陸續穿越東京車站、銀宿和卜著大雨的街道。

「亞莉亞。這架飛機現在飛得比東京鐵塔還低。妳小心不要撞上囉。」

「別把我當笨蛋。」

放下機輪後，亞莉亞把控制權轉給副駕駛座上的我。

好，已經看到東京灣了。

所以應該也可得到人工浮島了。

——然而。

爆發模式下的我，隨即整理出**結論**。

至今我們做了許多努力……

但要降落在這裡是不可能的。

因為我完全看不見「空地島」。

就如武藤所說，東京灣以汐留為界，完全被黑暗給遮蔽。

這並不奇怪，因為島上沒有誘導燈也沒有任何光源。我早有心理準備，但沒想到狀況居然惡劣到這種地步。

這樣根本無法拿捏降落的角度和高度。

在這種條件下，不管多老練的駕駛也都無法避免空難吧。

既然如此，那我該如何減少墜機時所受到的損失呢——當我不得已想換個角度來思考時，亞莉亞的第六感似乎察覺到我的想法，她開口說：

「金次，沒問題的。你一定可以。你必須要成功才行。你不想當武偵了對吧？如果你現在以武偵的身分死去，那你就算輸了。而且，我也還沒替媽媽洗刷冤屈！」

亞莉亞的話說到一半……宛如施了魔法一般……

「我們還不能死！還不能死在這種地方！」

此時，彩虹橋前方的「空地島」上，突然開始閃爍著光芒。

『金次！你看得到嗎王八蛋！』

武藤和我的電話迴路再次復活，聲音裡夾雜著磅礡雨聲。

「武藤！」

『要是你掛了，白雪……不，有人會流淚！所以我A了車輛科最大台的汽艇！還有裝備科的手電筒，我也未經同意全部拿出來了！你晚一點可要幫大家寫悔過書喔！』

接在這句話後面，有幾個線路接連插進了我和武藤的通話中，通話逐漸變成三方通話、四方通話……

『──金次！』『我看到機體了！』『還差一點！』『再努力一下！』

爆發模式下的我知道。

這些聲音。

這些傢伙。

不就是我和亞莉亞，在公車挾持事件中解救的同學們嗎！

他們從學園島搭汽艇到空地島，替我們做誘導燈！

──武偵憲章第一條：同伴之間要互信互助。

我謹慎地降低高度。按照他們的指示，貼近平面！

嘰嘰嘰吱吱吱！

ＡＮＡ６００號班機，毅然決定迫降在雨中的人工浮島。

在眼睛都快脫窗的強烈振動中，亞莉亞開始逆噴射。

「停下來！停下來！停下來、停下來、停下來——！」

配合亞莉亞尖銳的娃娃聲，

「要轉了！」

我快速操縱地面滑行用的轉向操縱系統，讓機體轉彎。

在雨中的跑道上，二〇五〇公尺是無法停住飛機的。

武藤所言並不假。

但我有一個妙計。

我就是算準這點才衝進人工浮島的。

逼近眼前了。

風力發電的——

風車柱！

鏗鏘鏗鏗鏗鏗！

機翼撞到風車柱，勾在上頭，６００號的機體轉了一圈持續滑行。

我和亞莉亞在操縱室內，就像洗衣機裡的衣服一樣擠得一蹋糊塗。

……

「嗚……痛死我了。」

……梔子花的……香味。

啊啊，沒錯。這是亞莉亞的味道。

我感覺全身疼痛不已……慢慢睜開眼睛。

彩虹橋就在窗外。ＡＮＡ６００號班機停了下來。

這一切雖然都很驚險，不過總算是成功了。

可是……我現在身體卻無法移動。

此時我大概可以猜想到原因了……我坐在凹陷的副駕駛座上，整個人被亞莉亞壓著。

她失去意識，雙腳夾著我的側腹，兩手放在我雙肩上，而那張美麗的臉蛋就貼在我的頭上。

「哈哈……」

我又抱著她了。

我輕瞄她的胸口……這次沒問題。上衣沒有掀起來。

看來這次我不用吃子彈了。

如此心想的瞬間，

「……！」

我驚覺亞莉亞的裙子整個翻了上來。

我慌忙避開視線。

接著盡量不低頭、小心不讓亞莉亞發現……

用手偷偷幫她把裙子整理好。

這樣就萬無一失了。

上次這件上衣害我丟了半條命，好不容易才苟活下來。**這次**要是因為裙子讓她又來殺我一次，那我可受不了。

——你說是吧？

最終彈

La bambina da l'ARIA...（從天而降的少女）

我在醫院第一件事情，就是像坨爛泥一樣呼呼大睡，希望醒來之後發現這一切都只是一場夢。

不過這個期待似乎落空了，因為我的身體全身疼痛。這很自然，如果你身上有十二處跌打傷、擦傷和挫傷，那想不痛也很難。現實生活可不同於漫畫和電影。

現在——

我在寂靜的自家陽台上欣賞東京的夜景。

「空地島」上的一根風力發電機扭曲變形，在它下方緊貼著一架還未拆解的B737—350。

啊——！我略為破壞了自己最喜歡的景色。

「我沒想到在東京還能看到這麼美麗的星空。」

「這是颱風過後才有的景象吧。」

在滿天星空下，亞莉亞和我在陽台聊天。

今天費了一番功夫應付警察的調查和電視採訪，到了這時間才總算回到房裡了。

不知為何亞莉亞也跟著進來就是了。

「媽媽的……公審延期了。」

亞莉亞看著空地島說。

「這次的事件洗刷她的冤屈，證明了她不是『武偵殺手』……律師說最高法院的審理延期了，以年為單位。」

「這樣啊。」

現在似乎不是恭喜她的氣氛，於是我暫且回答道。

亞莉亞看了折翼的B737，接著朝我轉身。

「喂！你為什麼……要到那架飛機上幫我？」

……問我為什麼？

別問這種問題。

因為我自己也搞不清楚。

「……哎呀，因為我覺得光憑妳這個笨蛋，是贏不了『武偵殺手』的。」

「那、那種程度……我自己一個人也可以想辦法處理。笨蛋是你才對。」

「說得對，我真的是笨蛋才會去幫妳這種笨蛋。」

我手肘靠著陽台的欄杆，深深嘆了一口氣。

亞莉亞眨著大眼，有些吞吞吐吐地開口說：

「抱歉，剛才是騙人的。」

「哪一句？」

「我自己一個人也可以想辦法處理，這句是騙人的。」

亞莉亞話語中夾雜著嘆息，說話方式難得變得有些靦腆。

「那個啊。在飛機上面……我就知道了。為什麼我會需要『夥伴』。因為有些事情是我一個人無法解決的。如果當時你不在的話，我肯定……」

「……」

「——所以今天啊，我是來向你道別的。」

「……道別？」

「我還是決定要去找夥伴。其實……你就可以勝任了。不過我們已經約好了。」

「約好了？」

「我們約好只有一次吧？」

「啊，對……」

這麼說來的確是這樣。

我回到強襲科和亞莉亞組隊，僅限於一次。

直到武偵殺手的案件結束為止。

「武偵憲章第二條：與委託人訂下的契約，必須確實遵守。所以我不會再追著你跑了。」

接著，亞莉亞欲言又止。

她幾經猶豫後又再度正視著我，開口說：

「……金次。你是一個了不起的武偵。所以現在我尊重你的意思，也不會……再叫你奴隸了。所以……如果你改變主意的話……再來找我。到時候請你一定要當我的夥伴……」

亞莉亞的話語，聽起來似乎還沒有完全死心。

「……抱歉。」

我下意識避開她的視線，回答說。

我已經不想當武偵了。

大哥的事情是其中一個原因。

而且老實說，我不想再跟這次一樣遇到危險的事情了。

「沒、沒關係啦。如果你不想的話。那個啊，反正……我還是獨唱曲嘛。忘記我剛才說的吧。」

亞莉亞說完似乎覺得有些冷，轉身背對我進到了屋內。

「啊——啊！在東京這四個月實在太糟了！最後沒找到夥伴，頭還受傷了，夾娃娃機也玩不好！」

亞莉亞有些自暴自棄。

至少最後要開朗地替她送行，我如此心想，走進室內做了一個笑容。

「下次……如果有機會的話，我再教妳夾娃娃的訣竅吧。不過啊，那必須要先有挑選目標的本領才行。」

「什麼啊！你是說我沒有那種本領囉？」

亞莉亞「哼」一聲把兩手插在腰上，抬頭露出犬齒。

「敢瞧不起我，我就在你身上開洞！開十個……不，要開很多個！」

她「呸」地吐出舌頭，然後笑了。

我也跟著笑了。

我們倆不知在有趣些什麼，就這樣哈哈大笑。

隨後，我送亞莉亞到玄關，看她把亂丟的鞋子穿上。

「啊！已經這麼晚了？……我動作要快點了。」

「妳跟人有約嗎？」

「嗯。有人要來接我。畢竟發生了那種事情……倫敦武偵局要用放在東京的直升機送我一程。」

倫敦武偵局。

那裡是亞莉亞先前以武偵身分活躍的場所。

「媽媽被捕之前，我曾經在那邊立下不少功勞。他們一直吵著要我快點回去，也不反省一下自己的無能。不過也正好……我決定利用這個機會，暫時回去一趟重整態勢。」

「回去……是回倫敦嗎？」

「對。我要搭直升機到英國空軍的航空母艦上，再從那裡坐艦載噴射機，咻——」

軍隊的航空母艦……嗎。這排場還真大。不愧是貴族啊。

「……希望妳能找到自己的夥伴。」

「我一定找得到的。因為你讓我知道，這世界上還是有人可以當我的夥伴。」

「是嗎……也對。再會啦，妳要加油啊！」

「嗯。BYE BYE！」

亞莉亞爽快地打開門……走了出去。

我沒有留住她。

門又再次關上。

到此為止，一切就告一個段落了……嗎。

……………。

「……？」

門外沒有亞莉亞的腳步聲。

她出去後，應該要走到電梯或樓梯旁才對。

我覺得有些奇怪，從窺孔偷看外頭。

只見亞莉亞站在門前，不停嗚咽啜泣。

「我不要……我不要啦金次……沒有……絕對不可能有人……跟你……一樣。我不可能找得到……了……！」

亞莉亞用手背拼命擦拭滴落的淚水，口中不停低喃著。

……亞莉亞。

為什麼……妳會哭泣。

妳剛才不是還帶著笑容嗎？

不是笑得很積極嗎？

然而這是為什麼？

為什麼妳要哭泣呢……

亞莉亞。

最後，我還是沒能打開那扇門。

因為我感覺……那樣將會改變我的人生。

我深坐在沙發上，按著額頭。

我決定視若無睹，假裝自己沒看見亞莉亞的淚水。

這麼一來，一切都會在此落幕。

沒錯，金次。你仔細回想一下。那傢伙要一在身邊就會吵死人，說起來根本是個只會找麻煩的瘟神。走了不是最好嗎？

好了，金次。打開書桌的抽屜。拿起要轉到普通高中的申請資料吧。對。這樣就好。最近我太忙沒時間交出去，現在我應該馬上把這份資料放進教務科的郵筒裡。

這麼一來，以後我就可以上普通的高中，考上普通的大學了。然後變成上班族，過著我夢想的平凡人生活。

越是如此思考……

亞莉亞的事情就在我腦中、在我胸口擴散開來。

亞莉亞！亞莉亞！妳像颱風一樣突然出現，打亂了我日常的生活，接著又像風一般離我而去。

……那傢伙到底怎麼一回事。

她走了我應該要覺得心情舒暢才對啊……

為何我現在會如此消沉。

看到嬌小可愛的她落淚，讓我因此被束縛住了？我嗎？我又不是笨蛋。

書桌上頭，掛在手機上的 Leopon 不知為何看起來像在哭泣。

「該死！金次……你現在在想什麼。別再想了！快停止思考！」

我對自己說。

亞莉亞在戰鬥時勇猛果敢……我常覺得她是一個像小母獅般的女孩。

但她其實不是母獅。

只是一隻迷路的小貓而已。

只是一隻離家後不知該往哪裡去，沒人願意當她的同伴，只能隻身和烏鴉及野狗浴血奮戰，最後窮途末路不知該如是好，在水溝中的垃圾桶內，載浮載沉，喵喵嗚叫。

她就是那隻小貓。

「亞莉亞……」

我緊握住Leopon。

亞莉亞如果要救自己的母親——香苗女士，除了「武偵殺手」外，她還必須要跟其他的敵人戰鬥吧。

她會在這個像垃圾桶一樣的世界中，不停戰鬥、戰鬥，然後受傷。

這樣可以嗎？

她直到最後，還是說自己是「獨唱曲」。

這樣真的可以嗎？亞莉亞。

半吊子的妳，身為歐爾梅斯家族不良品的妳，

真的甘願當「獨唱曲」嗎！

「當然不甘願！你也知道吧，金次。」

我也跟那傢伙一樣，同樣是遠山家的缺陷品。

我無法變成正義使者。

不過……不過——

如果是當她的同伴，那我或許還做得到。

亞莉亞遺留的體香，讓房間帶有些許的芬香。

那如梔子花一般，甜甜、甜甜的香味。

「天真……你太天真了。金次你真的太天真了!該死!」

我自言自語完，把轉學申請的資料從中撕成了兩半。

亞莉亞離開我房間，已經過了三十分鐘。

這時間沒有公車。腳踏車也往生了。所以天真的我全力奔跑，來到屋頂上有停機坪的武偵高中女生宿舍。

此時直升機——那一定是直升機錯不了——已經停在屋頂上。

機翼正在旋轉。

感覺隨時都會起飛一樣。

好死不死宿舍的電梯剛好在檢修。

我衝上逃生梯，不顧一切往屋頂爬去。

我從南端的男生宿舍到北端的女生宿舍，一路上幾乎都用跑的。現在又用衝的爬上樓，心臟就快爆開了。那傢伙老是讓我在狂奔啊。

我身上流著汗水。上氣不接下氣地呼吸，被強風弄得更加雜亂。

但我不能停下來。

不能停下來。

我不想幹武偵，也不想讀武偵高中，討厭女生，也討厭爆發模式。這些想法我始終如一。

但是，要我無視小不點亞莉亞的淚水，變成一坨臭狗屎蛋，那我更是不願意！

轉學的申請期間還有半年。撕破的資料我之後再重寫。

但至少在那之前，我就稍微——

就稍微陪她走一下吧！

碰！

我踹開了頂樓的門，但晚了一步。直升機恰好發出轟天巨響，飛離屋頂大約十公尺。

「亞莉亞！」

我大叫。

我已經不去想了。

只管大叫！

「亞莉亞！亞莉亞——！」

用氣喘如牛的喉嚨。

彷彿快將它撕扯開一樣大叫。

用我人生最大的音量大喊！

「亞莉亞——！」

直升機螺旋槳刮起的陣風，吹亂了我的頭髮。

我的衣服和褲子「啪噠啪噠」地猛烈拍動，彷彿就要被扯下來一般。

直升機的噪音這麼大，她應該聽不見我的聲音吧。

但我還是不能不叫！

——亞莉亞！亞莉亞！亞莉亞——！

喀啷！

直升機的艙門以驚人之勢快速開啟。

「——笨蛋金次！慢死了！」

亞莉亞從中探頭，居然直接——

把繩索固定在直升機邊緣，在強風之中跳了下來！

「等……喂！」

繩索雖達到減速的功效，但亞莉亞的速度幾乎等於自由落體。

駕駛可能一時慌張，直升機搖晃了一下……讓亞莉亞就像鐘擺一樣擺動。

「——嗚？唉、哎呀！哎呀呀！」

「……喂、喂！等……！」

我往後一退想接住亞莉亞，背後頂到屋頂上的鐵絲網。

亞莉亞最後斷開繩索，朝著我斜落下來。

——你有想過會有少女從天而降嗎？

——當我嚇得臉色蒼白的下一秒。

「——！」

喀鏘鏘鏘鏘！

我緊抱住亞莉亞所受到的衝擊，讓身後的鐵絲網一口氣凹了下去。

斜凹的鐵絲網變得有如跳躍台一樣，我倆從上頭滑落回到了屋頂上。

太好了。如果出了差錯，可是會從頂樓摔落。

「我……我說妳啊！」

「Aria－What're you doin'！」

此時我看見一位白人在直升機內大吼，彷彿在唱和我的喊叫一般。

他應該是倫敦武偵局的公務員吧。

「吥——！」

亞莉亞朝天空做了一個鬼臉，直升機颳起下降氣流，讓她的雙馬尾自由自在地隨風飛舞。

這舉動似乎觸怒了對方。

幾位武偵局的公務員，從直升機上用繩索降落到屋頂。

倫敦武偵局。他們想要亞莉亞歸建。想把她帶回倫敦，讓她做牛做馬。

現在決定暫時回去一趟的亞莉亞逃走了，想必他們很慌張吧。

但話說回來……這情況很不妙。

人數差太多了。

這樣下去亞莉亞會被他們帶走。

必須想想辦法……！

但是現在的我——不是爆發模式下的我根本無能為力……

不，我必須要去做。說那種話只是藉口。

就算不是爆發模式，一定也有現在的我做得到的事情，我必須去尋找！

「亞莉亞。」

「嗯？」

「他們手邊還有繩索嗎？」

「剛才的機降應該都用掉了吧。直升機裡面也沒有備用的。」

亞莉亞手放在雙槍上，同時說。

「別開槍，亞莉亞。他們是外部人士。要是弄傷他們可不得了。」

「……那你想怎麼辦？」

妳問我，我也……

我半自暴自棄，跑到屋頂唯一的樓梯出入口。

接著用新購入的貝瑞塔，「砰砰」兩聲打壞門把。

很好，爛得很徹底。這樣一來，他們就無法從這裡出去了。

「你、你把出口打壞做什麼！」

亞莉亞喊道，我一臉苦笑轉過頭去。

我現在的表情肯定相當沒出息吧。

「抱歉，亞莉亞。現在的我只能想到這個方法。」

「？」

「妳……曾經為了我從這裡跳下去吧。」

我的腳踏車被「武偵殺手」挾持的時候。

亞莉亞。

妳為了我，從這女生宿舍的屋頂縱身跳下。

只為了幫助我。

「亞莉亞。現在的我很普通，什麼都做不到。」

「……？」

「——但是至少妳之前為我做的事情——我可以報答妳！」

來吧，亞莉亞！

要有所覺悟的人是妳才對！

如果妳要我這種廢柴當妳的夥伴，

那這點程度的胡來可是必要的！

——我朝剛才變形的鐵絲網開始奔跑。

「金次!?」

亞莉亞跟在我後面跑了過來。

「亞莉亞！妳是獨唱曲！沒錯！或許是這樣吧！但是——」

我把像跳躍台一樣變形的鐵絲網，當成真正的跳躍台。

「**我至少可以當妳的背景音樂！**」

在大喊之中——

我跨越剛升起的滿月，飛到了空中。

——我說。

我是個好人吧？

事情為什麼會演變成這樣呢？

我瞬間把腰帶掛到鐵絲網上，利用繩索減緩自身的下降速度。

亞莉亞接著跳下來，裙子誇張翻動，她在空中抱住了我。

我和亞莉亞墜落到女生宿舍下方，摔在溫室塑膠屋上。

幸好塑膠的屋頂成了緩衝物——

當我這麼想的瞬間。

屋頂被我們壓破，我們直接摔進了溫室裡。

「……痛……痛死我了……」

「笨……笨蛋金次……！」

這樣真的太胡來了。

我和亞莉亞就像漫畫角色一樣，眼睛不停旋轉。

——亞莉亞踉蹌站起，

「遜、遜斃了。你現在是『笨蛋金次模式』吧……？」

這句話終於從她口中迸出，我的臉頰僵了下來。

雖然沒有完全說中，不過知道我秘密的人又多了一個。

直升機的探照燈從上空照了過來。

我們的身影暴露在圓光當中。

彷彿像歌劇的其中一幕。

「金次。」

亞莉亞用紅色的眼眸看著我。

我依舊跌坐在地板上，抬頭看亞莉亞。

「你身上有一種不可思議的力量，只要打開某種開關，就可以急劇提高你的能力。」

「……」

「我不知道那開關是什麼。而你自己也無法自由控制。」

「…………」

「不過啊，我剛才想到了。既然這樣，我只要讓你平常也能自由發揮那股力量——好好調教你就行了！沒錯！就這麼簡單嘛！對吧？」

「等……！那從物理上來說……或許可行，但是在倫理上是做不到的！」

「男子漢沒有第二句話！」

「我還沒答應妳吧！」

「吵死了、吵死了！我要讓你變成我的夥伴，像曾爺爺一樣變成了不起的『H』！我已經決定了！」

「那……那個『H』到底是什麼意思啊——！」

「你還不知道嗎？我不敢相信！笨蛋、笨蛋！大笨蛋！金氏世界記錄級的笨蛋！金牌笨蛋！」

妳說得太過火了吧。

「真是的！我已經決定是你了，所以就告訴你吧！我的名字是——」

亞莉亞齜牙露出犬齒，雙手放到腰上，挺起她無法集中托高的胸部。

「神崎・**福爾摩斯**・亞莉亞！」

「福爾、摩斯……！」

「沒錯！我是夏洛克・福爾摩斯4世！而我已經決定了，你是我的夥伴J・H・**華生**！我不會再讓你逃走了！要是你敢逃走——」

等等等！

給我等一下！

「——我就在你身上開洞！」

最終章 Go For The NEXT!!!

夏洛克・福爾摩斯（Sherlock Holmes）。

一百多年前活躍於英國的名偵探。槍法神準，格鬥技非凡。

而理子是法國的怪盜羅蘋——4世。

初代福爾摩斯和怪盜羅蘋，曾在法國交手過。

最後兩人不分勝負，為一族留下了宿怨——偵探科的教科書上是這樣寫的。

而「福爾摩斯」在法文的發音似乎是「歐爾梅斯（Holmès）」。

原來是這麼一回事啊。

可是……

這種嬌小可愛，喜歡桃饅，動不動就開槍、揮舞日本刀的女生——

怎麼可能是福爾摩斯啊！

我在內心的抗議毫無意義，亞莉亞藉口要找到我切換模式的關鍵，居然跟著我回到房間。

我向她抗議希望可以不要同居，她居然說「武偵殺手」的案件還沒抓到犯人所以還不算解決。妳知道這叫做歪理嗎。

話雖如此……我也同意亞莉亞的看法，認為理子應該還活著。她動不動就提到大哥的事情讓我很在意，還有那個叫伊・幽的組織。那兩顆擊中ANA600號班機、不知道從哪發射的飛彈也是未解之謎。

這事情要告一個段落還嫌太早了吧。

我把這想法放在內心的一角，某天晚上，在和亞莉亞爭論桃饅和鱔魚包子哪一個好吃時——

我放在口袋裡的手機發出郵件提示聲。

這房間的收訊有點差，有時候別人傳郵件過來，我不是過一下才收到，就是之後一口氣全部接收。我看到手機畫面後大吃一驚。

目前未讀的郵件：49封。語音信箱服務：18通留言。

寄件人和留言人全都是白雪。

第一封郵件是：

『小金，聽說你和女生同居是真的嗎？』

接著一連串，

『我剛剛從恐山回來，聽說有一位叫神崎・H・亞莉亞的女生欺騙了小金！』

『為什麼你不回信！』

『我馬上過去！』

我看得出來這三十分鐘內白雪傳來的郵件，內容變得越來越恐怖。

「亞、亞莉亞，快、快、快快、快逃！」

「什、什麼啊。幹嘛突然發抖。很噁心耶，金次……」

「武、武、『武裝巫女』就要——嗚！要命……來了……！」

嗙嗙嗙嗙嗙……！

一陣有如猛牛突進般的腳步聲，在大廈的走廊不停迴響。

她正在靠近！

鏘噹！

伴隨著金屬音，玄關的門就像紙糊的一樣**被斬開**。

像仁王一樣站在門口的人——

是一位身穿巫女服、頭戴護額，將衣袖束在身後，一副戰鬥裝扮的少女。

「白雪！」

白雪似乎一路奔跑到此，呼吸十分急促，眉毛在妹妹頭的瀏海下直直豎起。

「妳——果然在這裡！神崎！H！亞莉亞！」

「等、等一下！妳冷靜點，白雪！」

「小金沒有錯！小金一定是被騙的！」

——我到現在還不清楚她的開關在哪裡，白雪有時候會像現在這樣，變成有如鬼神一般的狂戰士！

而在這個狀況下，在我周遭的人——多數是女孩，不知為何總是會受到攻擊。

「妳這隻小偷貓！欺、欺、欺騙小金玷汙他的罪，妳就用命來贖吧！」

白雪舉起手中冒著青光的日本刀，將刀高舉過頭。

就連亞莉亞也嚇傻了眼，連槍都忘了拔。

「住、住手，白雪！我沒有被玷汙啊！」

「小金讓開！你要是不讓開，我就不能殺她！」

「金、金次！你快點想想辦法啊！這、這到底是怎麼回事啊！」

怎麼回事?這一點……

我 才 想 問 勒！

To Be Continued!!!

後記

「嬌小可愛的女孩，不管做什麼事情都會被原諒！」

因此讓各位久候的神崎．H．亞莉亞登場了！

亞莉亞身高雖然只有一四二公分，但是她會拿雙槍亂射，也會拿雙刀亂揮，是一個有點兇暴的女孩。但是這孩子不是只有強悍而已。在戀愛方面她是個超級大外行、有紅臉症候群、喜歡的東西是「桃饅」，其實她也有許多可愛的地方。

如果閱讀本書的讀者們，能夠覺得這樣的亞莉亞很「卡哇伊！」的話，那就是我赤松最幸福的事情。

那會成為你和亞莉亞最棒的相遇吧。

那麼，亞莉亞在故事中遇見同班的少年——金次。

接著，她注意到金次奇妙的潛在能力，想要把他變成自己的奴隸，因此發生一連串大事件。

請讀者就把自己當成金次，充分去體會被嬌小可愛的亞莉亞追著跑的驚悚感吧。

我在寫這本書的時候，得到了許多人的幫助。

首先是三坂主編和笹偉編輯。承蒙兩位多次閱讀我的草稿，每次都給了我相當寶貴的評論，我由衷的感謝兩位。

還有替我描繪亞莉亞等角色插畫的こぶいち老師。老師把亞莉亞們畫得比我想像中還要更有魅力，真的很感謝你。我拜見到封面上嬌小可愛的角色時，感動到想要對天空大喊「我抓到啦（註13）」！

再來我要感謝遊真一希、渡邊伊織和森田季節，多謝他們替我思考哥德蘿莉遊戲的名字。還有給了我寶貴建議的重馬敬、日日日、夏壽司、田口一、七位連一、星真仁和まつとも。告訴我「強制猥褻」這個詞讀音的武田律師。以及教我槍械知識的A。最後是我的家人。

多虧了大家，讓我在寫這本書的時候實在很快樂。

我在內心期許，希望各位讀者朋友也能和我一同體會這份喜悅。

我希望亞莉亞可以多遇見一些讀者朋友，能成為一位幸福的孩子。

13　模仿黃金傳說裡面，濱口抓到獵物時所說的話。

初めまして、挿絵を
描かせていただきました
こぶいちと申します。
今回は可愛いキャラを
たくさん描けて楽しかったです！
アリア可愛いよアリア。

ももまんアリアを
描いてみたものの
ゴスロリアリアでも
良かったかも。
アリアにゴスロリ着せたら
可愛いと思うんですよ！
巫女服の白雪と理子と
三人で並べたい。

繪者後記

初次見面，我是負責描繪插圖的こぶいち。這次我畫了許多可愛的角色，實在讓我很高興！亞莉亞好可愛喔，亞莉亞。

我畫了桃饅風的亞莉亞，或許哥德蘿莉風的亞莉亞也很好看。讓亞莉亞穿哥德蘿莉的衣服我想應該很可愛吧！我好想把那樣的她，和巫女服的白雪以及理子三個人排在一起。

浮文字

緋彈的亞莉亞（1）

（原名：緋弾のアリア）

作者／赤松中學　封面插畫／こぶいち　譯者／林信帆
發行人／黃鎮隆　協理／陳君平
總編輯／洪琇菁　國際版權／林孟璇
執行編輯／呂尚燁　美術編輯／李政儀
企劃宣傳／邱小祐
出版／城邦文化事業股份有限公司　尖端出版
台北市中山區民生東路二段一四一號十樓
電話：（〇二）二五〇〇七六〇〇　傳真：（〇二）二五〇〇二六八三
E-mail：7novels@mail2.spp.com.tw
發行／英屬蓋曼群島商家庭傳媒股份有限公司城邦分公司　尖端出版
台北市中山區民生東路二段一四一號十樓
電話：（〇二）二五〇〇—七六〇〇（代表號）
傳真：（〇二）二五〇〇—一九七九
北部經銷／祥友圖書有限公司
電話：（〇二）八五一二—三八五一
傳真：（〇二）八五一二—四二五五
中部經銷／高見文化行銷股份有限公司
電話：〇八〇〇—〇五五—三六五
傳真：（〇二）二六六八—六二二〇
雲嘉經銷／智豐圖書股份有限公司　嘉義公司
電話：（〇五）二三三—三八五二
傳真：（〇五）二三三—三八六三
南部經銷／智豐圖書股份有限公司　高雄公司
電話：（〇七）三七三—〇〇七九
傳真：（〇七）三七三—〇〇八七
一代匯集／香港九龍旺角塘尾道六十四號龍駒企業大廈十樓B＆D室
電話：（八五二）二七八三—八一〇二
傳真：（八五二）二七八二—一五二九
馬新總經銷／城邦（馬新）出版集團　Cite(M)Sdn.Bhd.
E-mail：Cite@cite.com.my
大眾書局（新加坡）　POPULAR(Singapore)
E-mail：feedback@popularworld.com
大眾書局（馬來西亞）　POPULAR(Malaysia)
E-mail：popularmalaysia@popularworld.com
法律顧問／王子文律師　元禾法律事務所
台北市羅斯福路三段三十七號十五樓
二〇〇九年十月一版一刷
二〇一六年十一月一版十五刷

■中文版■

郵購注意事項：
1. 填妥劃撥單資料：帳號：50003021戶名：英屬蓋曼群島商家庭傳媒(股)公司城邦分公司。2. 通信欄內註明訂購書名與冊數。3. 劃撥金額低於500元，請加附掛號郵資50元。如劃撥日起 10～14日，仍未收到書時，請洽劃撥組。劃撥專線TEL：(03) 312-4212 ・ FAX：(03) 322-4621。E-mail：marketing@spp.com.tw

國家圖書館出版品預行編目資料

緋彈的亞莉亞 / 赤松中學 著 ;
林信帆 譯.--1版.--臺北市：尖端出版,
2009[民98] 面 ; 公分.--(浮文字)
譯自:緋弾のアリア
ISBN 978-957-10-4144-5(平裝)

861.57 98014545